Contents

1 곰 장비 득템! 7
2 곰 씨, 소녀와 만나다 15
3 곰 씨, 울프를 팔다 31
4 곰 씨, 거울에 비친 자신의 모습을 보고 까무러치다 41
5 곰 씨, 모험가 길드에 가다 53
6 곰 씨, 길드 카드를 만들다. 직업은 곰 67
7 곰 씨, 무기 상점에 가다 77
8 곰 씨, 쇼핑을 하다 87
9 피나와 곰 씨 1 101
10 곰 씨의 마법 훈련 111
11 곰 씨, 랭크 E가 되다 125
12 곰 씨, 또다시 길드에서 시비가 붙다 133
13 곰 씨의 고블린 토벌 145
14 곰 씨, 보고하다 165
15 곰 씨의 비 오는 날의 휴일 (전편) 179
16 곰 씨의 비 오는 날의 휴일 (후편) 187
17 곰 씨, 혼나며 랭크 D가 되다 193
18 곰 씨, 물건을 팔다 203
19 곰 씨의 두 번째 이름은 블러디 베어 211
20 곰 씨의 소환수는 곰, 곰 씨의 집은 곰 하우스 219
21 곰 씨, 타이거 울프를 토벌하러 가다 229
22 피나와 곰 씨 2 235
23 피나와 곰 씨 3 241
24 곰은 집에 가는 것까지가 일입니다 249
25 곰 씨, 해체할 장소를 찾아서 255
26 곰 하우스 설치 완료! 261
번외편 곰 씨, 곰을 소환하다 269
후기 291

곰곰곰베어

저자 쿠마나노
일러스트 029
옮긴이 김보라

1 곰 장비 득템!

기다리고 기다리던 업데이트의 날이 왔다.

세계 최초 VRMMO(Virtual Reality Massively Multi Player Online), 판타지 RPG다.

다양한 종족, 다양한 직업, 다양한 스킬, 폭 넓게 놀 수 있는 게임이다.

발매된 지 1년, 오늘 대형 업데이트가 된다.

은둔형 외톨이로 지낸 지 3년이 지나 열다섯 살이 되었다.

그리고 1년 전에 만나게 된 것이 이 게임, 월드 판타지 온라인이었다.

현실 감각으로 판타지를 맛볼 수 있는 게임이다.

게임을 시작하고 1년간 학교도 가지 않고 게임 삼매경이다.

잠? 잠은 8시간 자고 있다.

졸린 건 어쩔 수 없잖아.

1순위로 잠, 2순위로는 맛있는 음식, 3순위로는 게임이려나?

학교?

그런 데는 바보나 가는 곳이지.

이 세상에는 주식이라는 이름의 연금술이 있다.

돈을 넣는 것만으로 점점 불어 간다.

간단한 게임 같은 것이다.

정보가 모이면 돈도 점점 더 쌓여 갔다.

그렇게 부모님께 말씀드렸더니 「학교는 친구를 만드는 곳이야」라고 하셨다.

친구? 그게 뭐야, 먹는 거야?

부모님이 너무 뭐라고 하시기에 주식으로 번 1억 엔을 드렸더니 잠잠해지셨다.

그리고 1억 엔을 건네받은 부모님은 집으로 돌아오시지 않았다.

1억 엔으로 즐기고 있겠지.

돈을 다 쓰면 돈을 구걸하러 올 게 뻔했기에 부모님께는 비밀로 하고 고급 맨션으로 이사했다.

이걸로 부모님과는 안녕이다.

15살이지만 돈도 있고, 요리도 할 줄 알고, 혼자 산다고 한들 아무런 문제가 없다.

빨래는 세탁소에 맡기면 OK.

오늘도 평상시처럼 혼자 게임을 시작했다.

점검도 끝나 업데이트가 완료되었다.

1초도 늦지 않으려 점검이 끝남과 동시에 게임을 로그인했다.

“오셨습니까, 유나 님. 업데이트 정보는 들으셨나요?”

게임 속으로 들어서자 메이드 차림을 한 여자가 게임 안내를 해줬다.

초기 플레이 설정 때, 남자 집사와 여자 메이드 중 한 명을 고를 수 있는 안내 역할 NPC(논 플레이어 캐릭터)다.

망설일 것도 없이 귀여운 메이드를 골랐다.

“필요 없어. 빨리 시작해.”

“알겠습니다. 그럼 업데이트 캠페인을 시작하겠습니다.”

“그런 게 있어?”

“1년 동안의 게임 플레이 총 시간에 따라서 차등 선물 아이템이 있습니다.”

“진짜?!”

플레이 시간이라면 누구에게도 지지 않는다.

폼으로 은둔형 외톨이 생활을 하고 있는 게 아니다.

“이 선물 상자들 중에서 마음에 드는 것을 고르세요.”

메이드가 그렇게 말하자 눈앞에 수많은 선물 상자들이 나타났다.

시선을 옮기는 곳마다 선물 상자가 있었다. 그 수는 다 셀 수 없을 정도였다.

“이 중에서 고르는 거야?”

"네. 마음에 드는 것을 고르세요."

고르라고 해도 이 정도면…….

무한하게 펼쳐지는 방에 무한하게 널브러져 있는 선물 상자.

고민해 봤자 소용없기에 메이드의 발 바로 밑에 있는 선물 상자를 고르기로 했다.

선물 상자를 손에 들자 다른 선물 상자들이 전부 사라져버렸다.

이젠 다른 것으로 바꿀 수 없는 모양이다.

선물 상자를 열자…….

"뭐야, 이게……!!"

아이템 명: 곰 세트

오른손: 검은 곰 장갑(양도 불가)

왼손: 흰 곰 장갑(양도 불가)

오른발: 검은 곰 신발(양도불가)

왼발: 흰 곰 신발(양도 불가)

옷: 흑백 곰 옷(양도 불가)

얼른 게임을 시작하고 싶었지만 어이없는 경품 때문에 생각이 멈췄다.

이런 것을 입고 게임하라니 말도 안 돼.

아무리 은둔형 외톨이에 친구도 없는 나라고 할지라도 이런 건 창피해서 입을 수 없다.

양도도 안 되면 아이템 상자에 처박아 둘 수밖에 없으려나?

그래도 일단 효과라도 확인해보자.

검은 곰 장갑

공격 장갑, 사용자의 레벨에 따라 위력 UP.

흰 곰 장갑

방어 장갑. 사용자의 레벨에 따라 방어력 UP.

검은 곰 신발·흰 곰 신발

사용자의 레벨에 따라 속도 UP.

사용자의 레벨에 따라 장시간 걸어도 피로도가 오르지 않는다.

흑백 곰 옷

겉모습은 인형 옷. 양면으로 입을 수 있음.

겉면: 검은 곰 옷

사용자의 레벨에 따라 물리, 마법 내성 UP.

내열, 내한 기능 있음.

안면: 흰 곰 옷

입으면 체력, 마력이 자동 회복된다.

회복량, 회복 속도는 사용자의 레벨에 따라 변한다.

내열, 내한 기능 있음.

뭐야, 이 사기 능력은……. 지금 만렙을 찍고 멈춰 있는 내가 쓴다면 엄청난 무적이 될 것이다.

하지만 이런 인형 옷 따위를 장비 아이템으로 입을 용기는 없다.

그렇지만 능력은 아까웠다.

"으~음."

창피함을 참고 강함을 취할 것인가 고민이 됐다.

"유나 님, 왜 그러시죠?"

"아무것도 아니야."

뭐, 지금 당장 장비 아이템을 낄 게 아니니까 나중에 천천히 생각해야지.

"자, 이제 게임 시작해."

"죄송합니다만, 마지막으로 설문 조사가 있습니다."

"그런 게 있어?"

"죄송합니다. 장시간 플레이하신 고객님 한정으로 하는 설문 조사입니다.”

“어쩔 수 없군.”

“감사합니다. 월드 판타지 온라인은 현실보다 재미있습니까?”

“당연히 재밌지. 현실 따위 따분할 뿐이야.”

“현실 세계에 소중한 사람이 있습니까?”

“그런 거 없어.”

부모님은 돈에 눈이 멀었고, 학교 따윈 다니지도 않으니 친구도 없다.

“현실 세계에 친한 친구가 있습니까?”

“없어. 대답하기 싫은 질문들뿐이네.”

“현실 세계에 소중한 물건이 있습니까?”

메이드는 내 말에 대꾸하지 않고 질문을 이어 갔다.

“돈이려나?”

……………………

……………

………

……

질문이 이어졌다.

도대체 몇 개나 있는 거야?!

“신을 믿습니까?”

"종교? 당연히 안 믿지. 믿을 수 있는 건 내 힘뿐이야."

"그럼 마지막으로, 곰 장비 아이템은 귀엽다고 생각하시나요?"

"귀엽다고 생각해. 장비 아이템으로 쓰고 싶지는 않지만……."

"알겠습니다. 설문 조사에 대답해주셔서 감사합니다."

방이 눈부실 정도로 빛났다.

"그럼 새로운 세계를 즐겨주시기 바랍니다."

2 곰 씨, 소녀와 만나다

눈을 떴다.

마이 홈이 아니었다(게임에 로그인을 하면 평소에는 마이 홈으로 전송된다).

어딘지 모르는 숲 속이었다.

장비 아이템이 곰이었다.

양손, 양발, 입고 있는 옷.

조금 전 캠페인으로 받은 곰 장비 아이템 세트였다.

갑자기 장비 아이템이 착용되어 있다니…….

입어보니 의외로 감촉이 좋았다.

손을 보니 곰 장갑은 인형 같았다.

입을 뻐끔거려 보았다.

의외로 귀여웠다.

주위를 훑어보니 아무도 없었다.

일단 이 창피한 모습을 아무에게도 보이지 않은 동안에 옷을 갈아입자.

장비 아이템 변경은 마이 홈이 아니면 불가능하다.

아이템 상자에서 전이 아이템을 꺼내려 했지만 아이템 상자가 열리지 않았다.

버그인가?

귀찮지만 한 번 로그아웃을 하고 나서 다시 로그인할까.

"뭐야……."

로그아웃 화면이 나오지 않는나.

어쩔 수 없군, 몇 명 없는 친구 리스트에서 친구를 부르려고 했지만 화면이 뜨지 않았다.

우선 지금 상황을 파악하기 위해 맵 화면을 열었다.

"어라?"

맵 화면도 뜨지 않았다.

"잠깐, 어떻게 된 거야?"

스테이터스 창[#1]을 열었다.

이건 떴다.

이름: 유나

나이: 15세

레벨: 1

스킬: 이세계 언어, 이세계 문자

#1 스테이터스 창 캐릭터 능력치 화면.

장비

오른손: 검은 곰 장갑(양도 불가)

왼손: 흰 곰 장갑(양도 불가)

오른발: 검은 곰 신발(양도 불가)

왼발: 흰 곰 신발(양도 불가)

옷: 흑백 곰 옷(양도 불가)

"어, 어떻게 된 거야?!"

업데이트가 잘못됐나?

내가 1년간 키워온 캐릭터가 레벨 1이 되어있었다. 운영자에게 클레임 메일을 보내야겠다.

어떻게든 운영자에게 연락을 취하려고 하는데 띠링…… 하는 소리가 났다.

운영 팀에게서 온 사죄 메일인가, 그렇게 생각하고 메일 화면을 부르려 했지만 나오지 않았다.

"어떻게 읽으라는 거야."

그렇게 생각하자 눈앞에 메일 화면이 열렸다.

보낸 이: 신

유나 양, 축하해요.

설문 조사 결과, 당신이 당선되었습니다.

짝짝짝짝(박수).

당신이 있는 장소는 게임 세계가 아닙니다.

내가 관리하는 다른 세계입니다.

즉, 이세계라는 거죠.

당신을 내가 관리하는 세계에서 살도록 했습니다.

물론 무일푼으로 시작하는 건 불쌍해서 곰 세트를 선물했습니다.

그 외에도 선물이 있으니 열심히 찾아보세요.

"새로운 이벤트인가."

우선 혹시 모르니까 다른 플레이어를 찾기로 했다.

이세계라니 무슨 소설에서나 나올 법한 소리야…….

그런 일이 현실에서 일어날 리가 없잖아.

어디 사는 망상증 변태야?

문제는 현재의 위치를 알 수 없다는 것이었다.

레벨도 1이니 이럴 때 마물에게 공격당하면 죽을 거야.

죽으면 마이 홈으로 돌아가려나?

일단 숲에서 나가자.

근데 아무리 그래도 무기가 없는 건 곤란한데…….

있는 거라곤 빠끔거리며 입이 열리는 곰 장갑뿐.

주위를 둘러보면서 숲을 나아가자 딱 좋은 길이의 나무 막대가 떨어져 있었다. 그걸 주워 곰의 입에 물렸다.

"무기 대용으로 되려나?"

아무것도 안 드는 것보단 나을 테니 들고 가기로 했다.

용사가 편백나무 막대기를 장비로 장착한 기분이었다.[#2]

나무 무기를 들고 곰의 모습으로 걷고 있자 울프가 나타났다.

울프의 스테이터스 창을 확인하려고 했지만 화면이 뜨지 않았다.

같은 울프라도 개체에 따라 레벨이 다르다.

약하면 좋겠지만 현재 내가 갖고 있는 무기는 나무로 된 막대였기 때문에 무찌를 수 있을지는 미묘했다.

위안이 되는 건 한 마리라는 점이었다.

나무로 된 막대를 검처럼 쥐었다. 울프가 똑바로 달려와 덤벼들었다.

평소 게임에서 하던 것처럼 휙 하고 옆으로 피한 뒤 나무 막대로 울프의 옆구리를 내리쳤다.

#2 용사가~기분이었다. 한 나라의 왕이 편백나무를 주며 나라를 구해달라고 의뢰를 하면서 용사들을 시험하는 내용의 일본 옛날이야기.

원래 갖고 있던 검이었으면 한 방에 쓰러뜨렸겠지.

울프는 「캥」 하고 울부짖더니 움직임을 멈췄다.

예상외로 한 번에 쓰러뜨렸다.

혹시 이거 용사의 편백나무 막대인 건가?

막대를 하늘 높이 뻗어 보았다.

뭐, 싱거운 소린 그만하기로 하고…….

……어라?

다시 울프를 바라봤지만 변화가 없었다.

쓰러뜨렸는데 아이템으로 바뀌지 않았다.

마물은 죽으면 사라지고 아이템을 떨군다.

울프라면 고기나 가죽, 운이 좋으면 마석 같은 것을 떨구는데 이 울프는 사라지지 않았다.

나무 막대로 툭툭 건드려 봤지만 움직이지 않았다. 죽은 건 틀림없었다.

조금 전의 메일이 현실감을 불러일으켰다.

정말 이세계인 건가?

우선 이곳에서 나가자.

울프의 사체 냄새를 맡고 다른 마물이 올 수도 있었다.

아무리 그래도 현실에서 울프를 해체하는 기술은 갖고 있지 않았다.

게임이나 소설처럼 될 것 같지도 않았다.

울프를 쓰러뜨리고 난 뒤 조금 더 걸었지만 숲을 빠져나갈 수 없었다.

"배고파~."

아이템 상자도 못 여니 식량도 꺼낼 수 없다.

아니지, 게임이 아니라면 식량이 들어 있지 않을 가능성도 높았다.

얼른 다른 사람을 찾지 않으면 마물의 손에 죽기 전에 배고파 죽어버릴 것이다.

숲 속에서 상당한 거리를 걸었는데 피로감이 별로 없었다.

이 곰 신발 덕분인가?

창피하지만 편한 신발이다.

"누가 좀 도와주세요……."

사람의 목소리다.

위험할 수도 있다고 생각했지만 사람 목소리는 처음 들었다. 위험을 무릅쓰고 소리가 난 쪽으로 향했다.

달려갔더니 약간 개방된 장소가 나왔다.

작은 여자아이가 쓰러져 있었고 울프 세 마리가 덮치려 하고 있었다.

여자아이는 힘이 빠졌는지 일어설 기미가 보이지 않았다.

나는 달려 나가면서 지면에 널브러져 있는 야구공만 한 돌을 세 개 주웠다.

곰의 입에 단단히 물렸다.

내 쪽으로 주의를 돌리기 위해 돌을 있는 힘껏 던졌다. 던지고 또 던졌다.

"어라?"

돌이 울프에 명중했다.

울프 세 마리가 피를 흩뿌리면서 쓰러졌다.

명중할 거라고는 상상도 못했다.

이 곰 장비 아이템, 명중률 보완 능력이라도 있는 건가.

곰의 입을 뻐끔뻐끔 움직여보았다.

일단 울프는 죽은 것 같았기에 여자아이에게 다가갔다.

"괜찮니?"

검은 머리에 열 살 정도의 여자아이에게 말을 건넸다.

이런 캐릭터는 선택 불가였을 테니 아마 NPC일 것이다.

"고, 고맙습니다?"

"왜 의문형이야?"

"저를 드실 건가요?"

"안 먹어."

“곰 님이신가요?”

자신의 모습을 떠올렸다.

머리에 뒤집어쓴 귀여운 곰 후드를 벗었다.

“이러면 괜찮지?”

“아, 네.”

여자아이의 스테이터스 창을 불러봤지만 화면이 뜨지 않았다.

NPC라고 해도 무슨 정보라도 나올 텐데 나오질 않다니. 버그인가, 정말 이세계인 건가.

피범벅인 울프의 사체를 보니 이세계 쪽이 훨씬 현실성이 있었다.

일단 소녀에게 이야기를 들어보자.

“너 혼자니?”

“아, 네. 어머니가 병에 걸리셔서 약초를 찾으러 왔어요.”

“너처럼 어린 여자아이가?”

“돈이 없거든요. 그래서 마을에서는 약초를 못 사니까 숲에서 캐려고 온 거예요. 그런데 울프가 공격해 와서…….”

“마을이 가까이에 있니?”

앗싸, 좋은 정보!

“언니는 다른 마을에서 오셨나요?”

“응, 길을 잃어버렸지 뭐야. 그래서 말인데, 마을까지 안내해주지 않을래?”

"알겠어요."

내가 걸음을 떼려 하자…….

"언니, 이 울프들 이대로 두실 거예요?"

"그럴 생각인데. 이런 거 가지고 못 가."

"아깝잖아요. 울프 가죽이랑 고기도 팔 수 있고, 마석도 싼값이지만 팔 수 있어요. 해체하면 옮길 수 있을 거예요."

"난 해체 같은 거 못 해. 무리야."

"언니만 괜찮으시다면 제가 해체해드릴게요."

"해체 할 수 있어?"

여자아이가 고개를 끄덕였다.

"그럼 부탁할게. 울프를 판 금액의 절반을 주고 나도 도울게, 어때?"

"괜찮으시겠어요?"

"괜찮아."

소녀는 작은 나이프를 꺼내 들더니 울프를 재빠르게 해체하기 시작했다.

"잘하는데?"

"네, 가끔 하거든요."

이내 울프 세 마리는 소녀의 손에 의해 가죽, 고기, 마석으로 깔끔하게 해체되었다.

짐들은 둘이서 나눠 옮겼다.

아이템 박스가 없으니 고생이네.

게임이라면 만지는 것만으로 아이템을 회수할 수 있는데…….

"마을은 가깝니?"

"네, 가까워요. 그래서 약초를 캐러 나온 거였는데……."

"그래서 약초는 찾았어?"

"네, 찾았어요. 근데 돌아가는 길에 울프들에게 습격을 당한 거죠."

그 현장을 맞닥뜨린 게로군.

"그럼 가볼까……."

이름을 부르려고 했는데 아직 이름을 듣지 못했다는 것을 깨달았다.

그러자 그런 생각을 알아차린 소녀가 먼저 이름을 알려주었다.

"피나예요."

"나는 유나야. 피나, 그럼 가볼까?"

조금 더 걷다 보니 숲에서 벗어나 저 멀리 성벽이 보였다.

오오, 의외로 크잖아.

멀리서도 성벽의 높이를 알 수 있었다.

저 정도면 마물에게 습격당할 일은 없겠네.

마을에 도착할 때까지 피나에게 여러 가지 이야기를 들을 수 있었다.

역시 이 세계는 내가 알고 있는 게임 세계가 아닌 것 같았다.

폐인 플레이어인 내가 알고 있는 마을이 한 군데도 없었다.

업데이트에 의해 생긴 새로운 대륙일 가능성도 있었지만 이야기를 들을수록 게임이 아닐 가능성이 높아졌다.

마을로 가면 뭐든 정보가 있겠지.

플레이어가 한 명도 없다면 이세계로 인정하기로 했다.

마을에 들어가려면 주민 카드나 길드 카드가 필요한 모양이었다.

내가 갖고 있지 않다고 하자, 피나가 「길드 카드는 모험가 길드에서 받을 수 있어요」라고 알려주었다.

하지만 마을에 들어가려면 은화 한 닢을 내고, 범죄 유무를 조사받아야 하는 것 같았다.

나는 이제 막 왔으니 범죄를 일으킨 적이 없어서 분명 괜찮을 것이다.

아직 마을 입구까지 거리가 있어서 스테이터스 창을 확인했다.

어라, 레벨이 올라 있네?

이름: 유나

나이: 15세

레벨: 3

스킬: 이세계 언어, 이세계 문자, 곰의 이차원(異次元) 박스

장비

오른손: 검은 곰 장갑(양도 불가)

왼손: 흰 곰 장갑(양도 불가)

오른발: 검은 곰 신발(양도 불가)

왼발: 흰 곰 신발(양도 불가)

옷: 흑백 곰 옷(양도 불가)

어라? 스킬도 늘어나 있네.

설명문을 읽어보았다.

곰의 이차원 박스

흰 곰의 입은 무한으로 벌어지는 공간이다. 어떤 물건이라도 넣을(먹을) 수 있다.

단, 살아 있는 것을 넣는(먹는) 건 안 됨.

들어가 있는 동안에는 시간이 멈춘다.

이차원 박스에 넣은 물건은 언제든 꺼낼 수 있다.

게임 시스템에 있던 아이템 박스를 얻었나 보다.

게임의 아이템 박스도 식량을 장시간 넣어도 썩지 않았으니까…….

그렇게 생각해보면 역시 게임 세계인 건가?

그런데 그 기능이 곰에 들어가 있다니…….

"응?"

아이템 박스도 텅 비었을 것이라 생각했는데 돈이 들어 있었다.

그리고 종이가 한 장 담겨 있었다.

흰 곰의 입에서 종이를 꺼내 읽어보았다.

당신이 현실 세계에서 중요하게 여긴

돈을 갖고 왔습니다.

물론 저쪽 세상 돈은 사용할 수 없으니

이쪽 세계의 돈으로 바꿔 뒀어요.

신

그건 고마운데…….

이것으로 이곳이 「게임」에서 「이세계」 쪽으로 또다시 저울이 기울었다.

하지만 정말 이곳이 이세계라면 이 돈은 큰 도움이 될 것이다.

얼마가 들어 있는지 확인해보니 말도 안 되는 금액이 들어 있었다.

이건 이세계에서도 평생 방에 틀어박힐 수 있는 금액 아니야?

일단 마을로 가서 생각해보자.

3 곰씨, 울프를 팔다

성문 앞까지 다다르니 문지기가 기다리고 있었다.

시선은 똑바로 나를 바라보고 있었다.

그때 떠오른 나의 모습.

『곰, 熊, bear』

쓰는 법, 읽는 법은 달라도 내용은 같았다.

수상하지만 무섭지는 않을 것이었다.

피나는 「귀여워요」라고 말해주기도 했으니까 말이다.

나 자신도 귀여워서 창피할 정도였다.

피나처럼 어린 아이가 입으면 귀엽겠지.

나 같은 은둔형 외톨이에겐 어울리지 않겠지만…….

그렇다고 해서 그렇게 볼 필요까지는 없는데…….

"거기 꼬마 아가씨는 약초 캐러 간 아이였지? 약초는 캤니?"

"네."

피나는 기쁜 듯 미소 지었다.

"그렇다면 다행이구나. 약속대로 숲 안쪽으로는 안 갔겠지? 안쪽에는 마물이 있으니까 말이야."

그 말에 쓴웃음을 지었다.

"그런데 거기 이상한 옷차림의 꼬마 아가씨는 누구지?"

"신경 쓰지 말아 주시면 감사하겠는데요."

"뭐, 입는 옷이야 제각각이긴 하지. 아무튼 들어가려면 신분증을 보여줘."

피나는 주민 카드를 문지기에게 보여줬다.

"저는 이 마을 주민이 아닌데 돈을 내면 들어갈 수 있다고 들었어요."

곰의 입을 빼끔거려보였다.

"신분증을……."

문지기는 그 말뿐이었다.

내게 그런 건 없었다.

"없는데 들어가려면 은화 한 닢 내면 되죠?"

"아무것도 없는 거야? 아무 마을의 주민 카드라도 상관없어."

"카드가 없는 곳에서 살았어요."

피나와 오는 동안에 생각한 거짓말을 차례차례로 내뱉었다.

"그렇군. 그렇다면 세금으로 은화 한 닢을 내고, 범죄 경력을 조회하도록 되어 있어."

나는 미리 흰 곰 입에서 꺼내 놓았던 은화 한 닢을 검은 곰 입에 물려서 문지기에게 건넸다.

"그럼 이쪽 방으로 와주겠어?"

범죄는 이 세계에 온 뒤 저지른 적이 없으니까 문제는 없다.

아, 물론 현실 세계에서도 저지른 적은 없지.

정말이다.

문지기를 따라 근처에 있는 건물로 들어갔다.

판타지 소설에 자주 나오는 초소 같은 곳인가.

안으로 들어가자 접수처 같은 곳이 있었다.

그곳으로 따라가니 문지기가 수정판을 책상 위에 올려놓았다.

"이 수정판에 손을 올려봐. 범죄자라면 수정판이 빨개질 거야."

"올리기만 하면 돼요?"

"그래, 꼬마 아가씨의 마력에 반응해서 확인하는 거거든."

손을 수정판에 올려봤지만 반응이 없었다.

"문제없군."

"정말 이런 걸로 알 수 있어요?"

"이런 것도 모르는 거야? 대체 어디에서 온 거지?"

"먼 마을에서요."

"그럼 설명해주지. 이 수정판은 나라 안의 모든 수정판들과 연결되어 있어. 마을에 사는 사람이라면 아이가 태어나면 시민 카드를 발행함과 동시에 마력 등록도 이루어지지. 이건 수도나 다른 마을에서도 똑같이 이루어져. 그에 따라서 그 사람이 어디 출신지인지 알 수 있도록 되어 있어."

주민 등록 같은 건가.

"그리고 죄를 지었을 경우 그 데이터를 수정판에 등록할 수 있어. 등록되면 모든 수정판으로 그 데이터가 넘어가게 되어 있지. 덕분에 범죄자는 마을과 수도에 들어갈 수 없게 돼."

"위조 카드나 다른 사람의 카드를 쓰면요?"

"그건 무리야. 카드는 마력에 반응하도록 만들어져 있거든. 등록했을 때의 마력이 아니면 반응하지 않아."

마력이 지문 같은 건가.

"하지만 마력 등록을 하지 않은 경우라면 의미가 없잖아요."

"그렇긴 하지. 하지만 카드를 지니고 있지 않다는 건 마을이나 수도에 온 적이 없는 시골 마을 출신 정도이니 그런 녀석이 중죄인일 리가 없잖아."

하긴 그럴지도 모른다.

"설명은 이상이다. 또 알고 싶은 게 있나? 없다면 이제 마을로 들어가도 좋아."

인사를 하고 방을 나오니 피나가 기다리고 있었다.

피나의 머리를 쓰다듬어 주었다.

"유나 언니, 괜찮았어요?"

"응, 괜찮았어."

"그럼, 길드에 울프 팔러 가볼까요?"

마을 안은 게임 속 마을과 닮지 않은 건 아니었지만 무언가 다른 느낌이었다.

그리고 어쩐지 모두가 나를 쳐다보는 것 같았다.

처음 보는 사람이라 그런가?

"유나 언니 옷차림이 눈에 띄긴 하나 봐요."

잊고 있었다.

내 옷차림이 곰이라는 사실을…….

목적지에 도착할 동안 지나가는 사람들 모두가 나를 쳐다본 건 말할 것도 없었다.

피나가 안내해준 곳은 큰 창고 같은 곳이었다.

그 옆에는 큰 건물이 이어져 있었고 검과 지팡이를 지닌 모험가들이 있었다.

스테이터스 창이 나오지 않아 게임 플레이어인지 NPC인지 알 수 없었다. 알아보고 싶은 마음도 있었지만 지금은 피나 곁에 있기로 했다.

"여기에서 팔 수 있어요. 실례합니다. 울프를 팔고 싶은데요."

피나는 접수대 안쪽에 있는 남자에게 말을 걸었다.

"피나잖아. 이런 시간에 웬일이냐."

"소재를 팔러 왔어요."

피나가 갖고 있던 울프 소재를 판 위에 올려놓았다.

나도 똑같이 두었다.

"이거 울프 고기랑 가죽이잖아. 무슨 일 있었던 거야?"

"잠깐 밖에 약초를 캐러 갔는데 울프에게 습격을 당했어요. 그런데 그때 이 언니가 구해줬어요."

"이 녀석, 숲에 갔던 거냐!"

접수대의 남자가 소리를 쳤다.

"네, 어머니의 약초가 다 떨어져서요."

"몇 번을 말하니……. 약초가 필요하면 내가 구해다 주겠다고……."

"하지만 항상 겐츠 아저씨께 부탁드릴 순 없어요. 저는 돈을 안 낸 적도 있잖아요."

"글쎄 그건 괜찮다고 했잖니. 만약 네가 무슨 일이라도 당하면 네 엄마한테 뭐라고 말하라는 거야."

"괜찮아요. 숲에는 이미 몇 번 가 봤는걸요."

"그래도 오늘은 울프에게 습격을 당했다며. 게다가 뭐야, 저 이상한, 수상한 꼬마 아가씨가 구해주고……. 꼬마 아가씨, 피나를 구해줘서 고마워."

내 옷차림을 보고 말하기 껄끄러워하며 고맙다는 인사를 건넸다.

“아뇨, 저도 길을 잃고 있었는데 상부상조한 거죠.”

“보답을 하고 싶지만 이것도 일이니 사는 금액은 다른 사람과 똑같게 해도 괜찮겠지?”

“네, 괜찮아요.”

남자는 울프의 소재를 확인했다.

“으음, 고기랑 가죽이군, 이만한 양이면 이 정도야.”

겐츠 아저씨가 눈앞에 돈을 놓았다.

많은 건지 적은 건지 알 수가 없었다.

피나는 기쁜 듯 보였다.

돈을 받은 피나가 절반을 내게 주려고 했다.

“피나, 그 돈은 됐으니까 좋은 방 좀 소개해줄래? 내가 이 마을이 처음이라 잘 모르잖아. 그 전에 어머니께 약초부터 전해드려야 하나?”

숲에서 피나와 만나게 된 이유를 떠올렸다.

“괜찮아요. 집으로 돌아가는 길에 여관이 있으니까 알려드릴 수 있어요.”

“고마워.”

“피나! 더는 위험한 짓 하지 마라! 약초가 필요하면 내게 말해.”

“네, 알았어요.”

피나는 대답을 한 뒤 건물 밖으로 나왔다.

"방금 전 남자는 아는 사람이야?"

"네, 항상 신세를 지고 있어요. 가끔 마물이 많이 들어올 때 해체 작업을 도와드리고 있죠."

그렇군, 그래서 그렇게 해체를 잘하는 거라고 납득했다.

"그리고 어머니의 병도 알고 계셔서 약초나 약을 싸게 팔아주세요. 가끔은 공짜로 주실 때도 있고요. 그래도 매번 약을 부탁드릴 수는 없으니까……."

그래서 이번엔 혼자서 숲으로 약초를 캐러 온 거구나.

피나를 위해 무언가 해주고 싶은데 지금은 무리인가?

나도 이런 상황이기도 하니…….

안내를 받은 여관는 환전 장소에서 걸어서 30분 정도 떨어진 곳이었다.

의외로 거리가 있었다.

물론 걷는 동안 계속 시선을 받았던 건 말할 필요도 없었다.

"여기예요. 모두들 밥도 맛있다고 그랬어요."

"고마워. 그럼 어머니께 얼른 약초 드리러 가봐."

"네, 유나 언니. 고맙습니다."

피나는 인사를 하고 달려갔다.

가는 걸 지켜본 뒤 여관 앞에 서자 좋은 냄새가 흘러나왔다.

해도 저물기 시작했고 저녁 시간이었다.

맛있는 식사가 기대됐다.

식사를 할 수 있다는 기쁨에 몸을 맡기고 여관 안으로 들어갔다.

안으로 들어가니 십대 후반의 여자아이가 나를 보고 놀랐다.

매번 모두 같은 반응을 보인다.

돈도 있으니 방어구도 생각해볼까.

"어, 어서 오세요?"

여자아이는 내 옷차림을 보고 겨우겨우 말을 꺼냈다.

"묵을 수 있다고 들었는데요."

"네. 아침, 저녁 식사 포함해서 은화 한 닢입니다. 식사 미포함이면 은화 반 닢이고요."

"그럼 식사 포함으로 열흘 치 부탁할게요."

"목욕은 저녁 여섯 시부터 밤 열 시까지입니다."

"욕조가 있어요?"

"네, 있습니다. 남탕, 여탕으로 잘 구분되어 있으니까 안심하세요."

기쁜 오산이었다. 설마 욕조가 있는 여관일 줄은 생각도 못했다.

"식사는 바로 가능한가요?"

"됩니다."

설명을 다 듣고 흰 곰의 입에서 은화 열 닢을 꺼냈다.

받아 드는 순간 여자아이가 검은 곰을 주물럭거렸다.

"와아, 죄송해요. 너무 귀여워서 그만……. 식사 포함으로 열흘이시죠? 식사는 바로 준비해 드릴 테니 자리에 앉아서 기다려주세요. 아, 저는 이 여관집 딸인 엘레나라고 해요. 잘 부탁드립니다."

"전 유나예요. 당분간 잘 부탁해요."

4 곰 씨, 거울에 비친 자신의 모습을 보고 까무러치다

맛있는 식사에 만족한 후, 2층의 방으로 안내를 받았다.

피나에게는 꼭 고맙다고 해야겠다. 숲에서 마을까지 안내해주고, 음식이 맛있는 여관도 알려줬으니 말이다.

"욕실은 비어 있으니까 들어가셔도 돼요. 하지만 너무 오래 있지만 말아주세요. 기다리는 사람이 계시니까요."

"알겠어요."

"그리고 아침 식사는 아침 6시부터 8시까지예요. 늦으면 음식이 다 떨어지니까 조심하세요."

엘레나는 쭉 설명을 하더니 밑으로 내려갔다.

남겨진 나는 방으로 들어갔다.

1인실이라 그렇게 넓지는 않았다.

침대와 작은 책상이 있는 정도였다.

아이템 상자가 있어서 짐이 방해가 될 일은 없었다. 잠만 자는 거라면 충분히 넓었다.

방을 훑어보는데 벽에 걸린 거울을 발견했다.

새삼 내 모습을 확인했다.

창피해.

틀림없는 곰의 모습이었다.

여자아이가 가끔 잠옷으로 입을 것 같은 곰 옷.

이 모습으로 밖을 걸어 다녔다니, 창피해서 내일부터는 싫은데…….

한 번 더 용기를 내서 거울을 바라보았다.

그때 이상한 점을 알게 되었다.

“현실의 내 얼굴…….”

거울에 비친 것은 현실 세계에서의 내 얼굴이었다.

게임 캐릭터의 얼굴과 윤곽은 같았지만 머리색과 머리 스타일은 달랐다. 게임 속에서 나는 은발의 트윈 테일이었다.

하지만 지금 거울에 비치고 있는 건 검은 머리에 허리까지 늘어진 롱 스트레이트 머리였다. 은둔형 외톨이인 내가 미용실 같은 귀찮은 곳에 갈 리가 없으니 점점 길어진 것이었다.

귀찮아서 헤어스타일도 스트레이트인 그대로였다.

그 현실 속 모습의 얼굴, 머리 색, 헤어스타일이 거울 속에 비치고 있었다.

키도 게임 속에서는 10센티미터 정도 더 크게 설정했는데, 다시 확인해보니 아무리 봐도 현실의 키였다.

작은 키는 아니다.

평균보다 조금 작을 뿐이지.

정말이다.

하지만 이걸로 이 세계가 게임 세계가 아니란 걸 싫어도 알게 됐다.

한편으로는 게임 세계이길 빌고 있었기에 현실이란 걸 안 순간 충격을 받았다. 하지만 충격 받을 이유가 없다는 걸 금방 깨달았다.

우리 부모님은 형편없는 부모님이고, 친구도 없으니 절친 같은 건 당연히 없었다.

현실 세계에 두고 온 것은 주식으로 번 돈 정도다. 하지만 그 돈마저도 신의 편지에 따르면 이곳의 돈으로 환전되어 있다고 한다.

현실 세계에서 아쉬운 것은 오락과 음식 정도일 것이다.

하지만 이 세계에도 재밌는 것은 있을 테고, 음식도 이 여관의 요리는 맛있었다.

은둔형 외톨이 생활을 하고자 한다면 할 수는 있다. 하지만 애석하게도 이 세계에서 방에 틀어박힌다 한들 인터넷도 TV도 없어서 따분할 것 같았다.

뭐, 이 이세계 자체가 게임이라고 생각하면 많은 곳에 가서 즐기는 것도 괜찮을지도 모른다.

그렇게 생각하니 재밌어졌다.

"좋아, 내일을 위해서 목욕하고 자자."

욕실로 가서 탈의실에서 곰 장갑을 벗고 곰 옷을 벗다가 멈췄다.

곰 옷 안에는 속옷 차림이었다.

팬티와 브라뿐이라니…….

내가 이런 꼴로 마을 한복판을 걸었다니…….

셔츠 정도는 줘야지!

그러고 보니 갈아입을 속옷이 없으니 사야겠네.

곰 옷을 전부 벗고 팬티를 벗었다.

응?

신경 쓰이는 부분이 눈에 들어왔다.

팬티를 천천히 늘려봤다.

"뭐야, 이거……."

팬티에는 곰 그림이 그려져 있었다.

게다가 흰 곰과 검은 곰 2마리.

이 세계로 나를 부른 신의 취향인가?

"깊게 생각하지 말자."

욕조에 들어가 오늘의 피로를 풀었다.

목욕을 오래 하는 것은 금지되어 있었기 때문에 빨리 끝냈다.

갈아입을 옷도 없어서 조금 전의 곰 팬티와 곰 옷을 다시 입기 시작했다.

"내일은 쇼핑을 해야겠어."

곰 옷에 손을 넣는데 문득 떠올랐다.

흰 곰으로 뒤집어 입으면 체력이 회복된다는 것을 말이다.

시험 삼아 흰 곰으로 뒤집어서 입어보았다.

피로가 풀리는 느낌이 전해져 왔다.

몸이 안쪽에서부터 따끈따끈하게 따뜻해졌다.

"오오, 이건 의외로 좋은데~."

방으로 가서 오늘의 피로를 풀기 위해 이불 속으로 들어갔다.

기분 좋았다.

"잘 자~."

아무도 들을 리 없는 인사를 하고 눈을 감았다.

일찍 자서 그런지 눈이 빨리 떠졌다.

흰 곰의 효과인지 피로감이 남아 있지 않았다.

점점 곰 장비를 벗고 싶지 않아졌다.

이건 저주의 장비일지도 몰랐다.

스킬은 뛰어난데 생긴 건 귀여운 곰이라니, 하다못해 멋진 곰 장비 아이템이었다면 좋았을 텐데…….

아침 식사까지 시간이 조금 남아있었다.

스테이터스 창을 띄웠다.

이름: 유나

연령: 15세

레벨: 3

스킬: 이세계 언어, 이세계 문자, 곰의 이차원 박스

장비

오른손: 검은 곰 장갑(양도 불가)

왼손: 흰 곰 장갑(양도 불가)

오른발: 검은 곰 신발(양도 불가)

왼발: 흰 곰 신발(양도 불가)

옷: 흑백 곰 옷(양도 불가)

속옷: 곰 속옷(양도 불가)

이상한 장비 항목이 늘어나 있었다.

곰 속옷

오랫동안 입어도 더러워지지 않는다.

땀, 냄새도 배지 않는 훌륭한 아이템.

장비자의 성장에 따라 크기도 변한다.

은둔형 외톨이에게 최강의 장비 아이템이 떴다!!!

아니, 아니, 아니지, 열다섯 살 숙녀로서 이러면 안 되지.

하지만 장비자의 성장에 따라서 크기가 변하는 건 고마운데—. 지금은 가슴이 볼품없지만 장래에 빵빵해질 나에게는 필요했다.

일일이 사이즈를 바꾸지 않아도 되니까 말이다.

아침 식사를 하러 1층으로 내려가니 엘레나가 걸레를 들고 청소를 하고 있었다.

“좋은 아침이에요.”

“좋은 아침이에요, 식사 가능해요?”

“네, 되요.”

엘레나가 말똥말똥 바라봤다.

“왜요?”

“오늘은 하얀색이네요. 엄청 잘 어울려요.”

엘레나가 멋진 미소로 말했다.

까맣게 잊고 있었네요.

오늘은 하얀 곰이랍니다.

검은 곰이라 창피하지 않았던 건 아니지만 바꿔 입기도 귀찮아서 흰 곰의 모습으로 아침 식사를 했다. 아침으로 나온 빵과 스프도 맛있었다.

돈도 있으니 이 여관에 틀어박혀도 괜찮을지도…….

방으로 돌아가 검은 곰으로 바꿔 입었다.

오늘 예정을 생각해봤다.

1. 갈아입을 옷을 산다(속옷 포함).
2. 신분증을 만든다(모험가 길드에 간다).
3. 장비가 필요하다(검이 필요해).
4. 정보 수집(도서관이나 서점이려나).
5. 자신의 힘을 파악(울프는 간단했다.).

엘레나에게 모험가 길드의 위치를 물으니 어제 울프 소재를 판 건물 옆이라는 것 같았다.

신분증이 없으면 여러 가지로 귀찮아질 것 같아 모험가 길드로 향하기 위해 여관을 나오니…….

"유나 언니, 좋은 아침이에요."

"피나, 어쩐 일이야?"

"감사하다고 다시 인사드리려고요. 그리고 여관는 어떠셨나 해서……."

"응, 여관는 괜찮았어. 음식도 맛있었고, 욕조도 있어서 좋았어. 일단 열흘간 묵을 예정이야."

"마음에 드셨다니 다행이에요."

"피나는 괜찮았어?"

"네, 무사히 어머니가 약초를 드실 수 있었어요. 그런데 유나 언니는 어디 가세요?"

"나는 길드에 신분증 만들러—. 그리고 마을을 둘러 볼 생각이야."

오늘 예정을 설명했다.

"저도 길드에 같이 가도 되나요?"

"상관은 없지만, 신분증 만들러 갈 뿐인데?"

"저도 해체 일이 있는지 확인하러 모험가 길드에 가거든요."

"해체 일?"

"어제 제가 해체 일을 하고 있다고 말씀드렸잖아요. 그 일을 주시는 게 겐츠 아저씨에요."

"겐츠 아저씨?"

"네, 어제 울프 소재를 사주신 분이요. 모험가분들이 해체도 하지 않고 대량의 마물을 갖고 올 때가 있는데, 그럴 때 제가 도와드리고 있어요. 그래서 매일 아침 제일 먼저 확인하러 가는 거고요."

"아, 어제 그렇게 말했었지."

이런 작은 여자아이가 마물 해체 일을 하다니—.

역시 이세계라는 건가, 이게 이세계의 상식인 것인지 고민됐다.

"겐츠 아저씨에게는 항상 신세만 지고 있어요."

혹시, 로리콤…….

"겐츠 아저씨, 우리 어머니를 좋아하시나 봐요."

그쪽이었냐. 내 마음이 더렵혀져 있다는 것을 확인할 수 있었다.

소녀와 성인 남성의 조합을 듣고 로리콤을 떠올리는 건 내 나쁜 버릇이다.

겐츠 아저씨와 피나네 어머니의 이야기를 듣는 사이, 어제 울프를 판 건물이 보이기 시작했다.

물론, 여기로 오는 동안에도 시선은 쏟아졌지요!

5 곰 씨, 모험가 길드에 가다

길드에 도착하니 모험가들이 많이 있었다.

모두 제각기 검과 지팡이를 갖고 있었다.

게임 세계에 있는 것 같았다.

하지만 플레이어는 한 명도 없지.

"아침부터 사람이 꽤 많네."

"랭크가 낮은 모험가는 서로 일을 받으려 하니까요. 다들 좋은 일 받으러 빨리 오는 거예요."

그렇군, 강한 마물은 강하지 않으면 쓰러뜨리지 못한다.

약한 마물의 토벌이라면 어느 정도 수준의 모험가라도 할 수 있다.

의뢰와 모험가의 수가 맞지 않으면 서로 일을 받으려고 하겠지.

겐츠 아저씨가 있는 곳으로 가는 피나와 헤어져서 너저분한 남자들이 있는 길드 안으로 들어가자, 온 시선이 내게 쏟아졌다.

재보는 건지 여자가 온 것이 드문 일인지 시선이 모였다.

주위를 보니 여성 모험가도 있었지만 역시 그 수는 적었다.

시선들을 무시하고 접수를 받는 스무 살 정도 되는 접수원 아가씨의 앞으로 갔다.

"처음인데요."

"아, 네. 모험가 길드에 가입하시려는 거죠?"

"신분증이 된다고 들었어요."

"네, 모험가 길드 카드는 어느 나라에서도 쓸 수 있답니다."

"그럼 부탁드려도 될까요?"

그렇게 말하자 뒤에서 시선이 느껴져 돌아보았다.

"어이 어이, 이런 이상한 옷차림을 한 꼬맹이가 모험가라니. 모험가도 관둬야 하나. 너 같은 코흘리개가 있으니까 모험가의 격이 떨어지는 거야."

선동하는 건가?

"저는 신분증을 원해서 온 것뿐이에요. 그런 소릴 들을 이유는 없는데요."

"그렇다면 더욱더 그렇지. 일도 하지 않는 모험가 따위 필요 없어."

"일을 안 하겠다고는 하지 않았어요. 제가 할 수 있는 일은 할 거예요."

"그게 격을 떨어뜨린다는 거야."

"접수원 언니, 이 사람이 이런 소릴 하는데 진짜예요?"

"길드에서는 최소한의 자격이 있다면 문제는 없습니다."

"최소한?"

"연령 13세 이상, 1년 이내에 랭크 E로 올릴 것. 그러지 못할 경우 자격이 박탈됩니다."

"랭크 E?"

"고블린이나 울프, 랭크가 낮은 마물 토벌이 가능한 것이 조건입니다."

"그렇다면 문제없어. 울프라면 쓰러뜨릴 수 있으니까."

"푸하하하! 거짓말하지 마렴. 너 같은 코흘리개가 울프를 쓰러뜨릴 수 있을 리가 없잖아."

"이 사람 랭크는요?"

접수원 아가씨에게 물었다.

"랭크 D인 데보라네 씨입니다."

"뒤에서 야유를 날리는 사람이나, 웃고 있는 사람들도요?"

"모두 랭크 D, E인 분들입니다."

옅게 웃음을 띠고 있는 모험가들. 게임 세계에서도 있었지. 사람을 겉모습으로만 판단하는 바보가. 바보에 대처하는 방법은 한 가지, 자신들이 틀렸다는 것을 인식시켜 주는 것. 게임에서도 그랬지만 시비 걸어오는 싸움은 이기자는 주의다.

"훗, 이 모험가 길드 질이 낮네. 이 정도나 되는 사람들이 모두 랭크 D라니."

"뭐라고?"

"스스로 말했잖아. 바보 아니면 얼간이야? 나 정도가 모험가가 될 수 없다면 나를 이기지 못하는 당신들은 막장에 쓰레기니 살아갈 가치가 없다는 거잖아. 자신이 한 말도 이해 못 하다니 바보야? 아, 미안. 고블린이었지."

"이 자식……. 죽고 싶은 거냐!"

"여기에서 시합할 수 있는 곳 있어?"

게임에서도 가끔 솔로 플레이 중에 이런 바보 같은 녀석들이 시비를 걸어오는 일이 많았다.

하지만 은둔형 외톨이인 플레이어는 당하고 있지만은 않는다.

시간과 돈을 투자한 캐릭터로 갚아줬다.

이런 인간은 쓰러뜨리지 않으면 고블린처럼 계속해서 늘어나기 때문에 곤란하다.

"네, 이 뒤에 있습니다만……."

"그럼, 당신들이 이긴다면 나는 모험가를 포기하고 이곳을 떠나겠어. 당신들이 지면 당신들이 모험가를 그만두고 떠나는 거면 되려나?"

"여자 주제에 깔보다니. 네 녀석에게 지면 그만둬주지! 너네도 그렇지?"

"그래!"

남자의 뒤에 있던 모험가들도 히죽히죽 웃으면서 대답했다.

비웃고 있군.

"접수원 언니, 지금 이야기 들었죠?"

"네. 하지만 사과하시는 게……. 데보라네 씨, 성격에 문제가 조금 있긴 하지만 랭크 D임에는 틀림없어요."

이것으로 접수원 아가씨의 대답도 들었다.

잊어버렸다는 말은 못 하게 하겠어.

접수원 아가씨의 안내를 받아 뒤쪽 훈련장으로 향했다.

뒤에는 데보라네를 선두로 15명 정도의 모험가들이 우르르 따라왔다.

"으……음, 정말로 할 건가요?"

"네. 약해 빠진 주제에 모험가를 하다니, 모험가의 질을 떨어뜨리는 거잖아요. 얼른 그만두게 해야죠."

"애송이. 살아서 이곳에서 나갈 수 있을 거라고 생각하지 마라."

"그렇게 말하는 당신도 죽을 각오가 되어 있다는 거겠지. 약한 녀석일수록 말이 많다고 했는데 진짜가 보군."

"어이, 얼른 시작해."

데보라네가 검을 쥐었다.

"앗……."

그러고 보니 무기가 없다는 것을 잊고 있었다.

갖고 있는 것이라고는 편백나무 막대밖에 없다.

"뭐해, 얼른 무기 꺼내."

어쩌지? 주위를 둘러보니 피나가 와 있는 것이 보였다.

어쩜 이리 타이밍이 좋을 수가!

"유나 언니!"

소란을 듣고 와준 모양이었다.

귀엽네.

"피나, 나이프 좀 빌려줄래? 나중에 돌려줄 테니까."

피나에게 다가가 부탁을 했다.

"유나언니, 싸우는 거예요?"

"어쩌다 보니……. 뭐, 괜찮을 테니까 지켜보고 있어."

피나에게서 나이프를 빌려 데보라네 앞으로 갔다.

"애송이, 그런 무기로 싸울 셈이냐."

"고블린을 상대로 내 무기(편백나무 막대)를 쓸 필요는 없잖아."

"죽여주겠어."

"몇 번이고 말하지만 죽이는 건 안 됩니다. 그럼, 시작하세요."

데보라네가 달려와 대검을 휘둘렀다.

한 번에 옆으로 3미터 정도 뛰었다. 곰 신발 스킬 덕분에 쉽게 간격을 둘 수가 있었다. 그대로 데보라네의 안쪽으로 치고 들어가 검은 곰 손으로 옆구리를 날렸다.

히든 스킬, 곰 펀치.

어라? 안 날아가잖아? 얼굴을 일그러트리는 정도였다. 레벨에 차이가 있나…….

"이 자식……."

곰 펀치를 견뎌 낸 데보라네는 검을 휘둘렀다.

어이어이, PK[#3]에서 상대가 코앞에 있는데 검을 휘두르다니, 도대체 얼마나 초짜인 거야.

게임에서도 PK 이벤트가 있었다. 레벨 무제한, 무기, 마법, 방어구 등 무엇이든 괜찮은 무차별급 등. 개중에는 운영자의 설정으로 방어력, 공격력을 일정하게 만들어서 싸우는 대인전도 있었다.

레벨이나 무기, 방어구에 차이가 없는 싸움에서의 승부는 기술로 정해진다.

난 그런 싸움을 해 왔다.

힘만 믿고 공격해 오는 적은 상대가 되지 않는다.

휘두른 데보라네의 손목 부근에 다시 곰 펀치를 날렸다.

힘을 위로 향하게 해서 데보라네의 검의 균형을 무너뜨렸다. 그

#3 PK Player-Kill의 줄임말.

사이 데보라네의 목에는 나이프가 들이밀어져 있었다.

"끝인가."

"웃기지 마……!!"

데보라네가 멈춰 있는 나이프를 쳐 내고 검을 휘두르려고 했다.

원스텝으로 뒤로 물러나 피했다.

이 곰 신발 너무 편리한데?

"접수원 언니, 이번 승부는 제 승리죠?"

"웃기지 마, 아직 승부는 나지 않았어."

접수원 아가씨를 쳐다봤지만 그녀도 어떻게 해야 할지 몰라 쩔쩔매고 있었다.

심판을 좀 제대로 해줬으면 좋겠는데…….

"알았어. 승부 정도가 아니라 인생을 끝내줄게. 이번엔 나이프가 멈출 거라고 생각하지 마."

그렇게 말하자 남자의 얼굴이 굳어졌다.

실력의 차이를 알았을 것이다.

공격은 서로 주고받았고, 스피드도 내 쪽이 빨랐고, 곰 펀치가 나이프였다면 허리를 찔렀을 것이다. 게다가 마지막으로 목에 나이프가 들이밀어진 것은 틀림없었던 일이었다. 이미 두 번 찔린 셈이었다.

"이 나이프가 그렇게 무서워?"

작은 나이프를 슬쩍 비쳤다.

"미안. 처음부터 모험가 자격도 없는 일반인에게 이런 걸 쓰다니, 어른답지 못했어."

그렇게 말하곤 데보라네의 발쪽에 나이프를 던져 지면에 꽂았다.

"이거라면 안 무섭지?"

곰 장갑으로 덤비라는 듯이 손가락을 까딱까딱했다.

"무시하지 마!"

바보 같은 맹돌진.

원스텝으로 옆으로 피했다. 하지만 검이 뒤따라왔다.

역시 같은 방법을 쓰니 들키는 건가.

원스텝으로 안 된다면 투스텝을 하면 되고, 그것도 안 된다면 세 번 뛰면 되지.

세 번째 스텝을 밟고 네 번째에 사각으로 들어가, 다섯 번째에서 데보라네 쪽으로 돌진했다.

얼굴에 곰 펀치가 작렬했다.

데보라네의 거구가 쓰러졌다.

오른쪽, 왼쪽, 오른쪽, 왼쪽으로 얼굴에 펀치를 내리꽂았다.

곰 펀치, 곰 펀치, 곰 펀치, 곰 펀치, 곰 펀치, 곰 펀치, 곰 펀치.

역시 검은 곰 손 쪽이 더 힘이 센 것 같았다.

바라봤을 때 왼쪽 뺨이 더 크게 부어 있었다.

데보라네는 움직이지 않았다. 그가 움직임이 없는 것을 보고 그에게서 떨어졌다. 데보라네는 흰자위를 드러낸 채 기절해 있었다.

"그럼 다음 상대는 누구지?"

지켜보고 있던 모험가들을 향해 물었다.

아무도 나오지 않았다.

"없는 것 같네. 그럼 접수원 아가씨, 여기에 있는 모험가들 모두 길드에서 탈퇴 부탁드려요. 실력이 없는 것 같으니까요."

나는 싱긋 웃었다.

"그건……."

"하지만 다들 스스로 말했잖아요. 저 같이 실력이 없는 녀석은 모험가가 될 수 없다고. 그렇다는 건 저보다도 약한 사람은 모험가가 될 수 없다는 의미잖아요. 여기 쓰러져 있는 남자는 물론이거니와 저한테 덤비지 않는 사람들도 그렇게 되도 어쩔 수 없는 거죠. 모험가라면 저 정도에게는 이겨야하니까요."

미소를 띠면서 주변을 바라봤다.

조금 전의 싸움을 보고 이길 수 있다고 생각한 모험가들은 없는 듯 보였다.

애초에 데보라네가 이 안에서 가장 강했겠지. 그 데보라네가 간단하게 졌으니, 나와의 싸움을 바라는 바보는 없었다.

"나는 말하지 않았어."

침묵 속에서 한 모험가가 말했다.

"나도 말 안 했어."

이어서 또 한 명이 말했다.

"말한 건 데보라네잖아."

"맞아."

데보라네를 내치고 자기 몸을 지키려는 생각인 것 같았다.

"하지만 제가 말했잖아요. 당신들이 이기면 나는 모험가를 포기하고 이곳을 떠나고, 당신들이 지면 당신들이 모험가를 그만두고 떠나라고. 그리고 저 남자가 「네 녀석에게 지면 그만둬주지! 너네도 그렇지?」라고 한 말에 당신들은 「그래」라고 대답했어요. 그때 접수원 아가씨에게 확인도 받았잖아요."

접수원 아가씨를 바라보았다.

"네……."

그녀가 작게 대답했다.

도망칠 곳을 잃은 모험가들이 훈련장으로 들어왔다.

"그렇게까지 말하다니, 그렇다면 우리들 전원을 쓰러뜨린 뒤에 그렇게 해."

"그래, 우릴 모두 상대해야지."

한 명, 두 명, 세 명…… 줄줄이 나왔다. 아무래도 전원을 한꺼번에 상대해야 할 것 같다.

하지만 데보라네 정도의 실력이라면 간단했다.

전투는 끝났다.

싱겁게 끝났다.

스테이터스 창을 보지 않아서 뭐라 말은 못하지만 데보라네를 쓰러뜨린 것으로 레벨이 오른 것 같다. 곰 스텝은 날카로워졌고, 곰 펀치의 위력은 몇 단계 올라가 있었다.

네, 다들 곰 펀치 한 방으로 쓰러뜨렸습니다.

"어이, 너희들 뭐하는 거야!"

온몸이 근육질인 우락부락한 남자가 훈련장으로 들어왔다.

"어이, 헬렌. 무슨 일인지 설명해봐!"

그리고 접수원 아가씨를 향해 말했다.

접수원 아가씨의 이름이 헬렌인가 보다.

헬렌이 열심히 설명을 했다.

설명이 끝나자 근육남이 이쪽을 봤다.

"어이, 거기 이상한 옷차림의 여자!"

"왜요?"

"네가 이런 거냐?"

"전 잘못 없어요. 폭력을 휘두르길래 정당방위를 한 것 뿐. 설마 제 잘못이라고 하진 않겠죠?"

"기본적으로 모험가 간의 싸움에서 길드는 중립이야."

"그럼 제 편이라는 거네요."

"어째서 그렇게 되는 거지?"

"저는 아직 모험가 길드에 가입하지 않았으니 모험가가 아니에요. 일반 시민이지. 그런 일반 시민이 모험가에게 습격당했으니 그건 관리하는 길드의 책임이잖아요. 설마, 일반 시민인 여자아이 한 명보다 여럿이서 덮친 모험가들 편이라는 건 아니겠죠?"

"그건……."

"그렇다면 일반 시민인 제 편인 거잖아요."

뭐, 나는 이 마을의 시민은 아니지만.

남자는 머리를 박박 긁으며 고민했다.

"너는 결국 뭘 하고 싶은 거냐."

"길드 등록이요. 그리고 이 녀석들의 길드 등록 말소 정도?"

"네 길드 등록은 허가하지만, 이 녀석들의 말소는 불가능해."

"어째서요? 저 사람들이 자신들에게는 실력이 없다면서 머리를 숙이고 그만두게 해달라고 하고 있는데 왜 못 그만두게 하는 거죠? 모험가 길드에는 자유가 없는 건가요?"

"뭐야, 너희들 모험가를 그만두고 싶은 거냐!"

근육남은 쓰러져 있지만 의식이 있는 모험가들에게 물었다.

남자들은 애매한 얼굴을 할 뿐 대답하려 하지 않았다.

"말했어요. 저처럼 실력이 없는 녀석은 모험가가 될 수 없다고. 저 같은 약한 녀석에게 지면 모험가를 관두겠다고 말이죠."

"너희들 그런 소릴 한 거냐."

모험가들 몇 명이 고개를 끄덕였다.

"이 녀석들이 바보 같은 건 알겠어."

"네. 다행이네요. 그럼 저와 저 사람들의 처리 절차를 부탁해요."

"한 번 더 묻지. 너희들 그만두고 싶은 거냐. 대답하지 않겠다면 조용히 길드 카드를 내려놔라."

"""""죄송합니다!"""""

부상 당한 모험가들이 머리를 숙였다.

"이 녀석들을 용서해 주지 않겠나."

"괜찮긴 한데 부탁이 있어요."

"좋아. 말해봐."

"앞으로 제가 길드에 들어가도 다른 모험가들이 시비 걸지 못하도록 해주세요. 성가신 일이 일어나면 길드에서 대응해주세요."

"알았다. 너와 모험가 사이에서의 트러블은 길드가 책임을 지고 대응하지."

"그럼 더 이상 제가 할 말은 없어요."

6 곰 씨, 길드 카드를 만들다. 직업은 곰

훈련장에서 돌아와 길드 카드를 만들었다.

"그럼 등록할 테니까 이름, 생년월일, 직업을 기입해주세요."

모험가들의 치료 절차를 끝내고 온 헬렌이 접수를 해주었다.

얼굴에는 피로가 묻어났다.

나 때문은 아니라고 주장해본다.

"생년월일?"

"네, 나이 확인을 위해 필요합니다."

"나이여야 되는 건가요?"

"그러면 생일이 지나도 길드 카드의 나이가 오르지 않거든요."

그렇군, 나이만으로면 영원히 열여덟 살로 남을 수도 있겠네.

하지만 생년월일을 어쩌지?

이세계 문자 스킬이 있으니 어떻게든 되려나?

일단 이름을 『유나』라고 일본어로 기입했다.

그리고 일본에서 태어난 날짜를 양력으로 기입해봤다.

그것을 본 헬렌이 말했다.

"유나 씨는 15살이네요."

제대로 전해지고 있는 모양이다.

역시 판타지다.

다음은 직업란.

"직업?"

"동료 모집과 한정적인 의뢰가 있을 때 참고하고 있습니다."

"동료?"

『동료』라는 말에 반응을 한 건 내가 외톨이라서가 아니다.

딱히 친구가 없었던 건 아니라고.

적었을 뿐이지.

0이 아니란 말이다.

게임을 할 때는 솔로 플레이할 때가 많았기 때문에 물리 공격밖에 들지 않는 마물, 마법으로밖에 쓰러뜨릴 수 없는 마물, 그 두 종류 모두와 싸울 수 있는 마법 검사로 했다.

다만 애매한 직업이었기 때문에 파티 플레이에는 인기가 없는 직업이었다.

물리 공격력이 높은 건 검사, 마법 공격이 필요할 땐 마법사를 파티에 넣었다.

그래서 마법 검사였던 난 방해가 될 거라고 생각해 파티에 들어가지 않았던 것뿐이다.

날 불러주지 않았던 건 아니란 말이지.

"저에게는 필요 없으니까 안 써도 되죠?"

"써주시면 감사하겠습니다."

"으……음."

뭐, 지금 직업은 마법 검사가 아니니까 써도 괜찮긴 하지만 현재 내 직업은 뭐지?

마법은 못 쓰지, 검은 갖고 있지 않지…… 격투가인가?

그러니 쓰지 않는 게 아니라 쓸 수 없다는 게 정답이다.

하늘에서 「너의 직업은 곰이잖아」라고 말하는 목소리가 들리는 것 같지만 무시하고 싶다.

이름: 유나

생년월일: 양력 20**년 *월 *일

직업: 곰

써버렸다.

헬렌이 이상한 눈초리로 바라보았다.

얼른 끝내고 싶은지 아무런 말도 하지 않았다.

"그럼, 이 수정판 위에 손을 올려주세요."

초소에 있던 것과 같은 것이었다.

이것으로 마력을 확인하는 것 같은데, 사람에 따라 마력이 다른 건가? 지문 같이 마력의 파장 같은 게 사람마다 다른 건가?

내가 그런 생각을 하고 있는 동안 헬렌은 수정판을 조작했다.

"등록에 잠시 시간이 걸리니까 그동안 길드에 대해 설명할게요. 길드 카드에는 유나 씨의 정보가 적힐 겁니다. 모험가 랭크, 받은 의뢰의 수가 말이죠. 의뢰 내용, 성공 횟수, 실패 횟수도 적힐 거예요. 그리고 현재 받고 있는 의뢰가 등록될 거예요. 이 정보는 어느 길드에서든 볼 수 있습니다."

과연, 실패 횟수도 등록되는 건가. 실패가 많은 모험가에게는 딱히 의뢰하고 싶지 않겠지.

"마물 토벌 기록 같은 건 없나요?"

"네, 없습니다. 그런 건 의미가 없어서요."

"……?"

"토벌 증거인 마석을 갖고 와도 그걸 혼자서 쓰러뜨렸는지, 100명이서 쓰러뜨렸는지 판단을 할 수 없습니다. 그래서 마물 토벌로 그 사람의 실력을 측정하는 건 불가능하죠."

그렇군, 게임처럼 쓰러뜨리면 자동적으로 수가 등록되는 건 없다는 거네.

만일 드래곤을 상대로 1만 명이 싸웠는데 마지막 공격을 한 사람에게만 토벌 기록이 남는다면 싸움거리가 될 거고, 반대로 1만 명 전원에게 드래곤 토벌 기록이 된다면 가치가 없어진다.

게다가 의뢰의 성사 여부는 길드가 수동으로 확인하는 것 같으니…….

“그럼, 다음은 길드 랭크를 설명할게요. 랭크는 F부터 시작해서 E, D, C, B, A, S로 올라갑니다. 랭크가 올라가는 건 의뢰의 성공 횟수, 실패 횟수를 고려합니다. 실패가 많으면 올라가지 않으므로 의뢰를 받을 때에는 자기 실력에 맞는 의뢰를 받아주세요. 그리고 같은 랭크의 의뢰를 계속 받는 경우에도 오르지 않습니다.”

“무슨 말이야?”

“의뢰는 한 단계 위의 랭크까지 받을 수 있습니다. 그래서 랭크 F인 유나 씨가 F랭크의 의뢰를 몇 백 번이고 받아도 랭크는 오르지 않습니다.”

“즉, 한 단계 위의 랭크 의뢰를 받아서 성공하면 랭크가 올라간다는 거네요.”

“한 단계 위의 랭크 의뢰를 10번 이상 성공하는 것이 목표고, 최종적으로는 길드가 판단합니다.”

“만약 랭크가 높은 사람과 협력해서 의뢰를 달성한 경우는 어떻게 되요?”

“그 부분은 좀 더 세세한 설명이 됩니다만, 의뢰를 받을 때에는 전원에게 길드 카드를 제출받습니다. 그중에 높은 랭크인 사람이 있는 경우, 합격 라인이 올라갑니다.”

“무슨 말이죠?”

"의뢰를 성공해야 하는 횟수가 늘어납니다. 가령 랭크 D인 사람이 C가 되기 위해 랭크 C 모험가와 같이 의뢰를 받을 경우, 20회 이상의 달성이 필요합니다. 만약 랭크 S에게 도움을 받는다면 아무리 의뢰를 받아서 성공을 해도 랭크가 오르지는 않을 겁니다."

"몰래 한 경우는?"

"거기까진 대응할 수 없습니다. 그 사람의 윤리 문제가 되지요. 하지만 귀족 중에는 유나 씨가 말한 방법으로 랭크를 올리는 사람이 있는 것도 사실입니다."

즉, 랭크가 높은 사람을 고용해서 자신의 랭크를 올리는 것을 말하는 거군.

높은 랭크를 고용하려면 비싼 돈을 내야 할 테니 일반 모험가들에게는 불가능한 방법이다.

"그리고 마지막으로 이 카드는 유나 씨만 사용할 수 있습니다. 분실로 인해 재발행할 경우 수수료 은화 열 닢이 듭니다."

이제 막 만들어진 은색 카드를 건네받았다.

카드를 보니—.

이름: 유나

연령: 15세

직업: 곰

모험가 랭크: F

정보는 이것밖에 쓰여 있지 않았다.

하지만 이 접수원 아가씨, 정말로 직업에『곰』이라고 썼다.

헬렌을 보니 생긋생긋 웃고 있었다.

"의뢰는 저쪽에 있는 보드에 붙어 있습니다. 받고 싶은 의뢰가 있으시면 의뢰서를 접수처로 가지고 오세요."

헬렌이 가리키는 쪽을 쳐다보니 보드 앞에는 엄청난 인파가 몰려 있었다.

하지만 사람이 없는 보드도 있었다.

"저쪽은 뭐죠?"

"저쪽 보드는 높은 랭크의 의뢰입니다."

그렇군.

"또 묻고 싶은 게 있으신가요?"

"지금은 없는 것 같아요. 뭔가 또 궁금한 게 있으면 다시 물으러 올게요."

"그럼 오늘 의뢰를 받으실 건가요?"

"당분간은 마을을 둘러볼 생각이에요. 어제 이 마을에 처음 왔거든요."

길드 밖으로 나오자 피나가 있었다.

"피나, 어쩐 일이야?"

"유나 언니가 걱정이 돼서요."

"아, 걱정 끼쳐서 미안해. 등록은 잘 했으니까 괜찮아. 피나 너는 일 있었어?"

"없었어요. 모험가들은 대부분 직접 해체를 해서 갖고 와요. 그러는 편이 비싸게 팔 수 있으니까요. 해체되지 않은 마물은 적어요."

"그런 거야?"

나는 마물 해체 같은 건 하고 싶지 않은데…….

값어치가 떨어져도 되니까 해체하지 않고 갖고 올 생각이기도 하고…….

곰 아이템 박스가 있으니까 쓰러뜨리면 그대로 갖고 올 수도 있으니…….

애초에 현대인인 은둔형 외톨이가 동물이나 마물을 해체할 수 있을 리가 없잖아.

피나의 머리를 쓰다듬은 뒤 헤어지고 마을 둘러보려고 했지만 생각이 멈췄다.

"아, 그래. 피나, 시간 넉넉하지?"

"네, 오늘은 다른 곳에서도 일이 없어서요."

"오늘 하루 마을을 안내해줄 수 있어? 피나가 하루 동안 얼마 정도 버는지 모르겠지만, 보수는 은화 한 닢이랑 점심 대접이야. 어때?"

"어제도 그랬지만, 그건 너무 많아요. 열 살짜리 아이가 하루 만에 은화를 벌지는 못해요."

"그렇다면 오늘은 특별히 쳐줄게. 게다가 내가 마을에 대해 잘 알게 되면 이 일은 없어져버리는 걸."

부드럽게 머리를 쓰다듬어 주었다.

나에게 여동생은 없었지만, 있었으면 이런 느낌이었을까.

"유나 언니, 고마워요."

"그럼 가자. 일단은 피나가 추천하는 무기 상점을 알려줄래?"

목적지 중 하나, 무기 상점으로 길 안내를 부탁했다.

7 곰 씨, 무기 상점에 가다

피나에게 안내를 받기 전에 스테이터스 창을 확인했다.

곰 펀치의 위력이 올라 있었고, 레벨이 올라가 있었던 것 같단 말이지.

이름: 유나

나이: 15세

레벨: 8

스킬: 이세계 언어, 이세계 문자, 곰의 이차원 박스, 곰 관찰경

장비

오른손: 검은 곰 장갑(양도 불가)

왼손: 흰 곰 장갑(양도 불가)

오른발: 검은 곰 신발(양도 불가)

왼발: 흰 곰 신발(양도 불가)

옷: 흑백 곰 옷(양도 불가)

속옷: 곰 속옷(양도 불가)

역시, 레벨이 올라가 있었다.

그리고 이상한 스킬이 늘어있었다.

곰 관찰경

흑백 곰 옷의 후드에 있는 곰의 눈을 통해 무기와 도구의 효과를 볼 수 있다.

후드를 쓰지 않으면 효과는 발동하지 않는다.

엄~~~청 쓸 만한 스킬이긴 한데, 어째서 내 레벨이 올라갔는데 곰에 스킬이 붙는 거야?!

이 세계에서 살아가는 거라면 평생 곰의 모습을 하고 지내야 하는 건지도 몰랐다.

"유나 언니?"

"아, 미안. 아무것도 아니야. 그럼 가볼까?"

피나의 안내를 받아 무기 상점으로 향했다.

"유나 언니는 어떤 무기를 살 거예요?"

"으~음, 아직 정하지는 않았지만 일단 검이랑 나이프가 필요해."

"그러고 보니 유나 언니는 무기 없어요?"

"있어(편백나무 막대)."

"그렇죠. 무기도 없이 숲 속을 다닐 리가 없죠. 그럼 어째서 무기 상점으로 가는 거예요?"

"그, 그건…… 괜찮은 물건이 있을지도 모르잖아. 그리고 나에게 맞는 무기가 있을지도 모르고. 그런데 지금부터 갈 무기 상점은 어떤 곳이야?"

비밀 스킬! 『곤란해지면 말을 피한다!』

"골드 아저씨가 운영하는 무기 상점이에요."

"골드 아저씨?"

"길드에 보관하고 있는 무기들을 관리하고 있는 분이에요. 제가 갖고 있는 나이프도 골드 아저씨에게 받은 거예요."

"준 거야? 친절한 분이네."

"『이건 버릴 거야. 꼬맹이에게 줄게』라고 말하면서 주셨어요."

츤데레야?

"게다가 길드에 보관하고 있는 무기를 보러 갔을 때 제 나이프도 『겸사겸사』라면서 갈아 주셨어요."

츤데레 확정.

"여기예요."

피나는 한 건물 앞에 섰다.

검이 그려져 있는 간판이 있었다.

방어구는 안 파나?

가게 근처로 다가가자 안에서 캉캉캉, 하고 소리가 들려왔다.

무기를 만들고 있나?

피나를 선두로 가게 안으로 들어갔다.

그러자 키가 작은 여자아이가 맞이해 주었다.

무기 상점이라고 하면 드워프인데…… 드워프인가? 그냥 평범한 꼬마 아이인가?

어떻게 판단해야 할지 고민했다.

"어라? 피나, 어서 와. 나이프라도 갈러 온 거야?"

"아뇨, 오늘은 유나 언니 안내역이에요. 무기가 필요하다고 해서 골드 아저씨를 소개하러 왔어요."

"어머, 손님을 모시고 와줬구나. 고마워."

"유나 언니. 골드 아저씨의 부인인 넬트 아줌마세요."

네, 드워프로 결정!

혹은 로리콤 범죄자죠.

"당신, 나를 이상한 눈으로 보지 않았어?"

"아뇨, 혹시 드워프인가 해서요."

"맞아. 드워프야. 설마 드워프를 본 적이 없어?"

"네, 처음입니다."

합법입니다.

저는 여자니까 상관없지만.

만약 내가 아니라 로리콤이 이 세계에 왔으면 드워프가 위험했겠네.

"그럼 어쩔 수 없지. 이상한 차림을 한 아가씨."

"유나입니다. 잘 부탁드려요."

"그래, 어떤 무기가 갖고 싶지?"

"아직 정하지는 않았는데 무기를 보여주실 수 있나요?"

"초보구나. 물론 좋아. 남편은 지금 손을 뗄 수 없으니까 만날 수는 없지만 천천히 둘러보렴."

가게 안쪽에서 캉캉캉, 하고 소리가 들렸다.

일을 하고 있나 보다.

뭐, 검을 사러 온 것뿐이니 만날 필요는 없지.

피나는 아쉬운 얼굴을 하고 있었다.

만나고 싶었나 보네.

나는 허가를 받았기 때문에 가게 안에 있는 무기를 둘러봤다.

근처에 있는 검을 들어보았다.

무겁……지 않네?

곰 장갑 덕인가?

시험 삼아 곰 장갑을 벗고 들어보았다.

네! 들지 못했습니다!

들어올리긴 했지만 그뿐이었습니다. 휘두른 것 따위 가능하지 않습니다.

다시 곰 장갑을 끼고 검을 들었다.

가벼워…….

이제 곰 없이는 살아갈 수 없어요.

그리고 곰 관찰경을 써 봤다.

철검

스킬: 없음

다른 검도 똑같이 확인해봤다.

철검

스킬: 없음

철검

스킬: 없음

철검

스킬: 없음

비슷한 것밖에 없었다. 다른 건 모양이나 길이 정도였다.

게다가 스킬이 없다니, 보통 검은 다 이런 건가.

안 좋은 물건을 팔고 있지는 않지만 딱히 괜찮아 보이는 물건도 찾을 수 없었다.

게임과 소설이라면 전설의 녹슨 검 같은 게 있을 텐데…….

모처럼의 관찰경 스킬이 도움이 되지 않았다.

일단 한 손으로 들기 쉬울 것 같은 검으로 선택했다.

철검

스킬: 없음

뭐가 좋은지 몰라서 봤을 때 괜찮아 보이는 이 검으로 정했다.

"그리고 나이프도 보고 싶은데요."

"해체용 말이니?"

"그것보다는 투척용 나이프로요."

돌 대신 던지고 싶었다.

넬트 아줌마는 작은 나이프를 보여주었다.

"100개 있나요?"

"그렇게나 많이 말이니?"

"네, 없으면 있는 대로 주세요."

"있긴 한데, 조금 기다리렴. 안쪽에 있으니까 갖고 올게. 그런데

100개나 쓰는 거야?"

"마물을 쓰러뜨리는 데 편해서요."

"아무리 투척용 나이프가 싸다고 해도 너무 많이 사는 거 아니니?"

"싸요?"

"투척용 나이프는 기본적으로 일회용으로 쓰는 경우가 많거든. 철 찌꺼기로 만드는 거야. 상상해보렴. 숲 속에서는 마물과 움직이면서 싸워야 해. 투척용 나이프가 포획물에 꽂히면 모를까, 튕겨 나가거나 빗나가거나 꽂힌 후에 떨어질지도 모르잖니? 그러니 기본적으로 투척용 나이프는 일회용이라는 거야. 그래서 해체용이냐고 물은 거고. 물론 전투용 나이프도 있어."

내가 초보 모험가라는 것을 알았는지 자세하게 알려주었다.

매우 고마운 일이었다.

"그리고 일단, 해체용 나이프도 주세요."

"여기 있어."

투척용 나이프보다 날이 좋아 보이는 나이프가 나왔다.

필요하지 않을지도 모르지만 있어서 곤란할 일은 없기 때문에 사 두자.

"으음, 전부 해서……."

필요한 금액을 흰 곰 장갑에서 꺼냈다.

넬트 아줌마는 돈을 받고 안쪽 방에서 여러 번을 걸쳐 나이프를 가지고 왔다.

“그럼 언제 가지러 올 거야?”

“지금 갖고 갈 거예요.”

곰 씨의 입 안에 나이프 100개를 담았다.

마지막으로 검과 해체용 나이프도 담았다.

“그 곰 인형, 아이템 주머니니?”

넬트 아줌마가 놀란 듯 곰을 바라봤다.

“아이템 주머니?”

낯선 단어에 고개를 갸웃거렸다.

“아이템 주머니라는 건 아이템을 담는 주머니를 말해. 주머니에 따라 제한이 있지만 물건을 넣고 옮길 수 있는 편리한 주머니지. 상인이나 우리 대장장이 같이 무거운 짐을 취급하는 사람들에게는 편리한 주머니야.”

“아이템 주머니는 흔하지 않은 물건인가요?”

“그런 것도 모르니?”

“이건 지인(운영)에게 받은 물건이에요. 그래서 잘 몰라서…….”

“통이 큰 사람이 다 있네. 흔하지 않냐고 물어보면 딱히 그렇지는 않아. 아이템 주머니의 가치는 들어가는 양에 따라 달라지거든. 다 천차만별이지만 물건이 들어가는 양이 많을수록 가치는 높아지지. 단, 아가씨 같은 곰 모양 아이템 주머니를 보는 건 처음이니까 놀란 거야."

이 곰은 아이템 제한이 있으려나?

뭐, 들어가지 않으면 다른 아이템 주머니를 사면 되는 거니까.

그렇게 넬트 아줌마와 이야기를 하고 있는데 피나가 이상한 듯 이야기를 걸어왔다.

"하지만 유나 언니, 그렇게 편리한 물건이 있었으면 울프를 옮길 때 쓰면 됐던 거 아니에요?"

울프 소재를 시간을 들여 옮겼던 것을 떠올린 모양이다.

"그때는 길을 잃어서 혼란스러워서 잊고 있었어."

말이 떠오르지 않아 적당히 둘러대고 넘어갔다.

실제로 이세계에 막 와서 혼란스러웠던 것은 사실이었다.

검과 투척용 나이프, 해체용 나이프를 구매하고 무기 상점을 나왔다.

다음은 옷(속옷)을 사러 가자.

8 곰 씨, 쇼핑을 하다

"유나 언니."

"왜?"

"어떤 옷이 필요하세요?"

"우선 이 옷 안에 입을 옷이려나."

곰 인형 옷을 당겨보였다.

옷 속은 속옷 차림이었다.

적어도 셔츠가 필요했다.

"저…… 비싼 가게랑 싼 가게가 있는데요."

"어느 쪽이든 상관없는데, 뭐가 달라?"

"비싼 가게는 귀족분이 입는 옷을 파는 가게예요. 들어간 적은 없지만 가격이 비싸니 물건은 좋은 것 같아요. 싼 가게는 평범한 시민이 살 수 있는 가격으로 팔아요. 그리고 그 외에 헌 옷을 파는 가게도 있는데, 가끔씩 좋은 물건도 있어서 저는 보러 가기도 해요. 어떻게 할까요?"

개인적으로는 비싼 가게로 가도 상관없지만, 피나가 비싼 가게를 설명할 때의 얼굴이 그다지 좋지 않았다. 뭔가가 있나? 손님을 가린다거나. 새삼 내 모습을 떠올리니 입점을 거절당할 가능성이 있었다. 그렇다면 평범한 가게가 괜찮으려나.

헌 옷은 이번엔 패스해야겠다.

"일단, 평범한 가게로 안내해주지 않을래? 다른 가게는 나중에 생각해볼 테니까."

피나의 안내를 받아 옷 가게에 도착했다.

안으로 들어가자 20대 중반의 여성이 반겨주었다.

내 복장을 보고 순간 멍한 표정을 지었지만 바로 웃는 얼굴로 돌아와 대응해주었다.

"어서 오세요. 어떤 옷을 찾으시나요?"

"속옷이랑 옷을 좀 보려고요."

"속옷은 저쪽 구석에 있어요. 참고로 손님이 입고 계신 것 같은 옷은 저희 가게에는……."

이런 옷이 몇 벌이나 있겠냐고!

점원에게서 떨어져 피나와 안쪽으로 갔다. 우선은 속옷이었다.

곰 팬티를 졸업해야만 했다.

그 다음에는 피나에게 물어서 눈에 띄지 않는 옷을 골라달라고 하자.

결과부터 말하자면 속옷인 팬티는 샀습니다.

옷은 곰 안에 입을 만한 셔츠 같은 것과 평상복을 샀다.

"피나, 고마워."

"아뇨, 살 수 있어서 다행이에요. 이제 어떡할까요?"

"서점이나 도서관에 갈까? 이 마을에 있어?"

"서점은 있는데 도서관은 없어요. 수도에는 있는 것 같다고 모험가가 말하는 걸 들은 적이 있는데……."

"그럼 서점으로 가자. 아, 그 전에 점심부터 먹자. 어딘가 추천하는 곳 있어?"

"으음, 어디든 괜찮아요?"

"괜찮아."

"그렇다면 유나 언니가 머물고 있는 여관 요리가 먹고 싶어요. 거기 식사가 맛있다고 들었거든요. 저는 먹어본 적이 없어서요."

"여관?"

"네, 여관에 머물고 있는 모험가들은 일 때문에 여관을 비우는 일이 많아서 점심은 일반인 손님을 상대로 판매하고 있어요."

"그렇구나. 그럼 갈까?"

피나는 기쁜 듯 여관로 향했다.

여관에 도착하자 안에는 손님으로 북적이고 있었다.

좋은 냄새가 가게 안을 가득 채우고 있었다.

"어서 오세요. 어라, 유나 님. 벌써 돌아오셨나요?"

빈 접시를 옮기고 있는 엘레나가 우리를 발견하고 맞이해주었다.

"점심 먹으러 왔어요."

"점심은 별도 요금입니다만."

"괜찮아요. 두 사람 자리 있어요?"

"지금 만석이라서요. 조금 있으면 빌 거예요."

역시……. 그럼 방에서 먹으면 되려나.

"요리는 바로 돼요?"

"네, 그건 가능해요. 거의 다 만들어 두었거든요."

"그럼 제 방에서 먹어도 괜찮아요?"

"네, 괜찮아요."

"그럼 메뉴 고를게요. 피나, 먹고 싶은 거 주문해도 돼."

"정말 괜찮아요?"

피나가 망설이며 말했다.

"괜찮아. 다 먹으면 서점으로 안내해 달라고 할 거니까. 제대로 된 보수야."

"고마워요. 그럼……."

방에서 잠시 기다리자 엘레나가 요리를 가지고 왔다.

"오래 기다리셨습니다."

"고마워요."

엘레나에게서 식사를 받아들었다. 따끈따끈해서 맛있을 것 같았다.

"다 드시고 접시는 아래층으로 가져다주시면 감사하겠습니다."

"알았어요. 다 먹으면 갖고 갈게요."

"죄송하지만 부탁드릴게요."

테이블 위에 맛있어 보이는 요리들이 놓여 있었다.

따끈따끈한 빵에 고기 요리, 샐러드도 있었다.

그러고 보니, 이 세계에 쌀은 있나?

일본인이라서 쌀, 간장, 된장은 있으면 좋겠는데.

아직 이틀째라서 괜찮지만, 분명 먹고 싶어질 거야.

"피나, 따뜻할 때 어서 먹자."

"네."

피나는 기쁜 듯 빵을 쥐었다.

"빵이 부드러워요~. 고기도 맛있어요."

"응, 맛있네."

피나가 먹던 손을 멈췄다.

"왜 그래?"

"저기……."

"왜?"

"이 요리 절반은 갖고 가도 될까요?"

"어째서?"

"집에 계신 어머니랑 동생한테도 먹게 해드리고 싶어서요."

그렇게 말하더니 요리를 빤히 쳐다봤다.

내겐 가족이 없지만 피나의 마음은 소중히 하고 싶었다.

"괜찮지만, 그건 먹어. 나중에 2인분, 아니, 3인분 주문해줄 테니까 갖고 가도 좋아."

"정말요?"

"특별히 오늘은 말이지. 내일은 안 그럴 거야. 그러니까 신경 쓰지 않아도 돼."

"네, 고마워요. 유나 언니."

요리를 다 먹고 빈 그릇을 엘레나에게 가져갔다. 그때 저녁 시간에 3인분 요리를 포장해 갈 수 있도록 주문해 두었다.

배가 빵빵해진 우리는 얼른 서점으로 향했다.

무기 상점과 반대 방향인 모양이었다.

여전히 통행인들의 시선이 날 향하고 있었지만 신경 쓰지 않고 걸었다.

조금 전에 산 옷으로 갈아입을까 생각도 했지만, 길드 일도 있었기에 안전하다고 판단될 때까지 이 곰 장비는 벗을 수 없었다.

서점에 도착했다.

안으로 들어가자 가게 안에 책이 대량으로 쌓여 있었다.

책장에 다 들어가지 않은 책이 바닥에 산더미처럼 쌓여 있는 것 같았다.

이런, 찾는 데 고생할 것 같다.

"어서 오시게."

할머니가 말을 걸어왔다.

"할머니, 이런 거 정리 안 해요?"

"어디에 뭐가 있는지 아니까 괜찮단다. 너도 원하는 책이 있으면 말해보려무나."

"정말요? 그럼 이 세계의 몬스터가 적혀 있는 책이랑 마법 책, 그리고 지도도 있으면 좋겠는데요."

"잠시만 기다리렴."

할머니는 좁은 가게의 안쪽으로 가버렸다.

잠시 기다리자 할머니가 책을 갖고 돌아왔다.

"이거랑 이게 몬스터 책이란다."

두 권을 건네받았다.

"이쪽은 평범한 몬스터가 적혀 있고, 이쪽은 전설급 몬스터가 적혀 있지. 이건 필요 없니?"

"두 권 다 주세요"

"알겠다. 그리고 이게 마법 책이란다. 초보용밖에 없어."

"그것도 주세요."

"지도는 이 마을 주변뿐이란다. 더 좋은 건 수도에 가야 얻을 수 있어."

종이 한 장을 건네받았다.

"그래도 괜찮아요."

돈을 내고 가게를 나왔다.

조금 더 시간이 걸릴 거라고 생각했는데 할머니 덕분에 몇 분 만에 끝났다.

이것으로 최소한의 목적은 끝났다.

"유나 언니, 이제 어쩌죠?"

조금 고민하다가…….

"글쎄. 피나 덕분에 원하는 건 다 얻었으니 여관에서 책을 읽어야겠어. 피나도 여기저기 걸어 다녀서 지쳤지?"

나는 곰 신발 덕분에 지치지는 않았다. 하지만 만약 신발이 없었다면 은둔형 외톨이의 체력으로는 무기 상점에서 지쳐서 쓰러졌을지도 모른다.

"아무렇지도 않아요."

하지만 피나는 쌩쌩했다.

역시 은둔형 외톨이와는 달랐다.

"그럼 피나는 어떻게 할래?"

"조금 이르지만 엘레나 씨에게 요리 받으면 돌아갈게요."

"그래, 여기 오늘 의뢰비야."

은화 한 닢을 건넸다.

"정말요? 저녁 식사까지 받았는데요."

"글쎄 오늘뿐이래도."

"고마워요, 유나 언니."

여관에 도착해서 피나와 헤어지고 저녁까지 시간이 있었기 때문에 1인실 방으로 돌아왔다.

곰 박스에서 책과 지도를 꺼냈다.

우선은 지도를 봤다.

여기가 내가 맨 처음 있었던 숲이군.

마을에서 조금 떨어진 위치에 숲이 있었다.

숲 반대쪽 길로 걸어가면 수도가 있는 모양이었다.

이 지도 가지고는 거리를 알 수가 없는데, 멀려나?

다음에 수도로 가보는 게 좋겠다.

주변에는 마을이 몇 갠가 있는 것 같았다.

눈에 띄는 곳은 머리에 넣어 두었다.

조금 더 자세한 지도가 있으면 좋겠는데…….

게임 같은 맵 기능이 있으면 편리할 텐데…….

다음으로 마법 책을 꺼냈다.

초급 마법이라고 적혀 있었다.

중급이나 상급도 있는 건가?

수도로 가면 팔려나?

페이지를 넘겨 읽어 갔다.

흠흠.

응응.

그렇군.

"일단 해보자. 우선, 마력을 모읍니다."

게임과 같은 감각으로 해봤다.

게임에선 손에 마력을 모아 주문을 읊으면 발동되었다.

오른손에 모으면 오른손에, 왼손에 모으면 왼손에 마법이 발동하게 돼 있었다.

지인의 지인인 양손잡이 플레이어는 마법을 좌우로 능숙하게 구분해서 사용하는 것이 화제가 되기도 했었다.

나? 나는 일반적인 오른손잡이예요.

그래서 오른손에 마력을 모아봤다.

어느 정도 모았을 때 주문을 읊었다.

"라이트."

방 안에 빛의 구슬? 같은 것이 떠올랐다.

마법이 성공했다는 기쁨보다는 빛의 구슬의 모양이 신경 쓰였다.

틀림없어, 저건 빛의 구슬, 동그랗지가 않았다.

곰의 얼굴 모양을 하고 있었다.

좋지 않은 예감이 들어 스테이터스 창을 열었다.

이름: 유나

나이: 15세

레벨: 8

스킬: 이세계 언어, 이세계 문자, 곰의 이차원 박스, 곰 관찰경

마법: 곰 라이트

장비

오른손: 검은 곰 장갑(양도 불가)

왼손: 흰 곰 장갑(양도 불가)

오른발: 검은 곰 신발(양도 불가)

왼발: 흰 곰 신발(양도 불가)

옷: 흑백 곰 옷(양도 불가)

속옷: 곰 속옷(양도 불가)

스킬과는 별개로 마법 항목이 추가되어 있었다.

곰 라이트

곰 장갑에 모인 마력에 의해 곰 형태의 빛을 생성한다.

으음…… 곰 장갑이라는 건 이게 없으면 마법을 못 쓰는 거야?

시험 삼아 곰 장갑을 벗고 조금 전과 같이 라이트를 읊어보았다.

예상대로 빛은 나오지 않았다.

이제 곰과는 일심동체였다.

귀여운 둥근 눈망울을 한 곰 장갑을 다시 꼈다.

공격 마법도 연습하고 싶었지만 아무래도 여관 안에서 할 수는 없었다.

오늘은 마법 책을 읽고 지식만 쌓기로 했다.

저녁 시간에 1층으로 내려가 맛있게 밥을 먹었다.

목욕을 한 뒤, 흰 곰으로 바꿔 입은 후 오늘의 피로를 풀기 위해 침대에 누웠다.

"잘자요……."

9 피나와 곰 씨 1

어머니의 약이 떨어졌어요.

더 이상 약을 살 돈은 없어요.

집에는 어머니와 세 살 어린 여동생이 있습니다.

아버지는 안 계세요.

동생이 어머니 뱃속에 있을 때 돌아가셨다고 해요.

그다지 기억은 안 나요.

어머니는 병으로 일을 할 수 없으세요.

제가 대신 열심히 일하고 있습니다.

하지만 10살인 제가 할 수 있는 일은 별로 없어요.

가끔 길드에서 겐츠 아저씨를 도와 해체 일을 하고 있습니다.

겐츠 아저씨는 어머니와 아는 사이라고 해요.

저번에도 어머니의 병에 효과가 있는 약을 주셨어요.

그 전에도…….

이 이상 신세를 질 수는 없어요.

병상에 계신 어머니를 위해서라도 마을 밖으로 약이 되는 약초를 캐러 갈 수밖에 없어요.

약초는 길드에서 몇 번이고 봤어요. 소재는 알고 있습니다.

마을 밖으로 나왔어요.

곧바로 약초가 있는 숲으로 향했습니다.

안쪽으로 가면 마물이 있기 때문에 숲의 입구 근처에서 찾기로 했어요.

좀처럼 찾을 수 없네요.

조금 안쪽으로 들어가기로 했습니다.

있어요!

이제 어머니께 약을 드릴 수 있게 됐어요.

약초 캐기에 몰두하느라 알아차리지 못하고 있었어요.

울프 세 마리에게 둘러싸이고 말았습니다.

쓰러뜨리지는 못합니다.

도망쳤어요.

다리가 떨려서 넘어졌습니다.

이제 다 틀렸어요.

"누가 좀 도와주세요……."

울프가 다가오고 있습니다.

이제 틀렸다고 생각한 순간, 울프들이 울부짖으며 쓰러졌습니다.

그것도 한 순간에―.

어째서?

숲 속에서 검은 모습을 한 사람(?)이 나왔습니다.

어쩐지 곰의 모습을 하고 있어요.

"괜찮니?"

말을 걸어왔습니다.

"고, 고맙습니다?"

"왜 의문형이야?"

도와준 사람은 귀여운 곰의 모습을 한 여자였습니다.

그래서 순간 농담이 나와버렸습니다.

"저를 드실 건가요?"

"안 먹어."

"곰 님이신가요?"

저의 더욱 이상한 질문에 대해 귀여운 곰의 모습을 한 여자는 머리에 쓰고 있었던 후드를 벗어주었습니다.

후드 안에서 예쁘고 긴 머리가 나왔습니다.

안도한 탓인지 웃음이 나왔습니다.

곰의 모습을 한 여자는 유나라고 하며, 검은 머리의 예쁜 언니였어요.

지나치게 예뻐서 놀랐습니다.

이런 미인은 본 적이 없어요.

유나 언니는 다른 나라에서 와 숲 속에서 길을 헤매고 있었다고 합니다.
우연한 만남에 감사드립니다.
도와준 보답으로 마을까지 안내를 해주기로 했습니다.
유나 언니가 울프를 그대로 두고 가려고 했습니다.
잠깐만요.
울프 고기도 가죽도 팔 수 있다고요.
고기는 엄~~~청 맛있어요.
제가 그렇게 설명하자 유나 언니는 해체를 못 한다고 했습니다.
어딘가의 귀족 아가씨인 걸까요.
저 곰 후드 아래에 감춰져 있는 아름다운 얼굴을 보면 납득할 수 있습니다.
유나 언니의 허락을 받아 울프를 해체했습니다.
게다가 판 금액의 반을 준다고 하시네요.
며칠간의 식비가 될 거예요.
엄청 기뻤어요.
해체가 끝나고 마을로 돌아왔습니다.
유나 언니는 모르는 것이 많은 것 같았습니다.
언니가 이것저것을 물어봤습니다.
역시, 어딘가의 귀족 아가씨일지도 모릅니다.
마을 안으로 들어가 길드에 울프 소재를 팔러 갔습니다.

겐츠 아저씨한테 혼났습니다.

걱정을 끼쳤으니 어쩔 수 없습니다.

울프의 가죽과 썩지 않을 정도의 고기를 남기고 팔았습니다.

물론 유나 언니에게 고기를 갖고 가도 된다고 허락은 받았죠.

오랜만에 고기를 먹을 수 있습니다.

유나 언니에게 감사드려요.

울프를 판 돈의 절반을 유나 언니에게 건네려고 했습니다.

하지만 받지 않고 여관를 안내해 달라는 부탁을 받았습니다.

유나 언니에게 감사 인사를 하고 여관으로 안내했습니다.

여관은 집과 길드 사이에 있습니다.

항상 식사 시간이 되면 맛있는 냄새가 납니다.

평판도 좋아 안내를 하기로 했습니다.

여관으로 향하는 동안 주목을 받았습니다.

유나 언니의 모습이 신기해서겠죠.

저라도 그런 이상한 모습을 한 사람이 마을 안을 걷고 있으면 틀림없이 쳐다봤을 겁니다.

조금 창피했지만 유나 언니는 생명의 은인이었고 의뢰인입니다.

이 정도 주목쯤은 아무것도 아니에요.

여관로 안내를 하고 감사 인사를 한 뒤 집으로 돌아왔습니다.

약초로 약을 만들었습니다.

전문가는 아니라서 잘 만들지는 못합니다.

하지만 어머니의 병을 조금은 막을 수 있습니다.

오랜만에 고기 요리로 영양을 챙깁니다.

돈도 생겼습니다.

내일부터는 조금 더 영양이 풍부한 것을 살 수 있을 것 같습니다.

유나 언니에게 감사드립니다.

다음 날, 아침 일찍 눈이 떠졌습니다.

평소와 같은 일과입니다.

길드로 가서 해체 일이 있는지 묻는 것입니다.

가는 길에 유나 언니를 안내한 여관이 있습니다.

한 번 더 감사 인사를 하고 싶네요.

그런 생각을 하고 있는데 검은 곰이 나왔습니다.

유나 언니였습니다.

한 번 더 감사 인사를 했습니다.

오히려 좋은 여관를 소개해 줘서 고맙다는 말을 들었습니다.

유나 언니는 길드 카드를 만들러 길드에 갈 거라고 합니다. 저도 길드에 갈 거라서 같이 가기로 했습니다.

손을 잡고 싶었지만 참았습니다.

저 곰 옷, 부드러워 보여요. 언젠가는 잡아보고 싶습니다.

길드에 도착한 후 겐츠 아저씨에게 가기 위해 유나 언니와 헤어졌습니다.

애석하게도 일은 없었습니다.
포기하고 돌아가려고 하는데 길드 안이 소란스러워졌습니다.
들리는 이야기로는 유나 언니와 모험가가 싸울 거라네요.
어쩌다 그렇게 되었을까요.
당황해서 훈련장으로 향했습니다.
그러자 유나 언니가 웃는 얼굴로 다가왔습니다.
나이프를 빌려달라고 말해서 빌려주었습니다.
거절할 이유는 없었기 때문이죠.

시합이 시작되었습니다.
유나 언니의 압승이었습니다.
곰 펀치가 대단했습니다.
나이프도 필요하지 않았습니다.
시합이 끝나고 나이프를 돌려받았습니다.
유나 언니는 길드 카드를 만들러 길드 안으로 들어갔습니다.
걱정이 되어서 길드 밖에서 기다렸습니다.
이번에는 아무 문제 없이 나왔습니다.

다행입니다.

오늘은 일이 없다고 유나 언니에게 말하자 마을 안내를 부탁받았습니다.

게다가 보수를 준다고 하네요.

더 이상 유나 언니 쪽으로는 발 뻗고 못 잘 것 같습니다.

집에 가면 침내 방향을 확인해야겠습니다.

우선 무기 상점에 갔습니다.

유나 언니는 검과 나이프 100개를 샀습니다.

부자인 것 같습니다.

그리고 그 곰돌이는 아이템 주머니인 것 같습니다.

놀랐습니다.

다음으로 옷 가게에 갔습니다.

유나 언니, 옷을 고르는 센스는 없는 건가.

옷을 골라달라는 부탁을 받았습니다.

그 곰돌이 옷, 엄청 귀여워서 마음에 들었는데 더는 안 입으려나.

다음으로 점심을 먹으러 갔습니다.

먹을 장소를 정해도 좋다고 해서 유나 언니를 안내한 여관에서 먹고 싶다고 했습니다.

엄청 맛있었습니다.

게다가 어머니와 동생 몫의 저녁까지 시켜주었습니다.

점심을 먹은 뒤, 서점에 갔습니다.

책을 몇 권 고르고 오늘의 안내가 끝났습니다.

의외로 빨리 끝나버렸습니다.

유나 언니는 여관으로 돌아가 책을 읽을 거라고 했습니다.

오후의 예정이 비어버렸습니다.

여관에서 저녁 식사를 받아 일찍 집으로 돌아가기로 했습니다.

어머니도 동생도 무척 기뻐했습니다.

내일도 좋은 일이 있을까…….

10 곰 씨의 마법 훈련

아침 일찍 일어나 식사를 한 뒤, 마을 밖으로 향했다.

여관에서 할 수 없었던 마법 훈련을 하기 위해서였다.

"오오, 요전번 그 이상한 옷차림의 아가씨잖아. 밖으로 가는 건가?"

문지기가 나를 보더니 다가왔다.

저번에 마을로 들어올 때 신세를 졌던 분이었다.

"네. 여기 길드 카드요."

길드 카드를 보여주고 수정판에 가져갔다.

마을 밖으로 나갈 때도 카드를 보이고 수정판에 가져다 대야 했다.

모험가가 마을 안에서 죄를 지어 지명 수배가 되면 길드에 등록된 데이터에 그 사실이 입력되어, 문에서 체크하면 잡히는 시스템이었다.

"모험가가 됐구나. 응? 뭐야, 『직업: 곰』이라니."

문지기가 카드를 보고 물었다.

"그 부분은 넘어가요."

"뭐, 틀리지는 않지."

그렇게 말하곤 내 머리를 쓰다듬었다.

"오오, 이 곰 촉감이 좋은데."

"하지 마요."

손을 뿌리쳤다.

"아아, 미안 미안. 밖은 위험하니까 조심하렴."

"잠깐 밖에서 마법을 훈련하려는 것뿐이에요."

"그렇구나. 뭐, 숲 근처에만 안 가면 마물을 만날 일은 없을 거다. 가끔 무리를 벗어난 마물이 오긴 하지만 말이다."

"네, 알았어요."

길드 카드를 받고 밖으로 나갔다.

조금 걷다가 주변이 한적한 것을 확인했다.

우선 책에 적혀 있던 신체 강화 마법을 써봤다.

별로 어렵지는 않았다.

몸 전체에 마력을 흐르게 하면 되는 것 같았다.

게임에선 전사, 검사 등의 전투계가 사용했던 스킬이었다.

효과가 지속되는 시간은 짧았지만 힘이 오르기 때문에 전투계에게는 인기 있는 스킬이었다.

마력을 몸에 흐르게 해보았다.

시험 삼아 달려봤다.

오오, 빠르다.

점프를 해봤다.

“와아아아아아!”

가볍게 10미터는 떴다.

착지해도 아프지 않았다.

신체 강화 덕분인가.

여러 가지를 시험해봤다.

신체 강화를 사용한 경우와 사용하지 않은 경우를 말이다.

돌진, 점프, 곰 펀치, 곰 킥 등을 확인해 갔다.

위력이 확실히 올라가 있었다.

스테이터스 창을 확인해보았다.

이름: 유나

나이: 15세

레벨: 8

스킬: 이세계 언어, 이세계 문자, 곰의 이차원 박스, 곰 관찰경

마법: 곰 라이트, 곰 신체 강화

장비

오른손: 검은 곰 장갑(양도 불가)

왼손: 흰 곰 장갑(양도 불가)

오른발: 검은 곰 신발(양도 불가)

왼발: 흰 곰 신발(양도 불가)

옷: 블랙흰 곰 옷(양도 불가)

속옷: 곰 속옷(양도 불가)

…………곰 신체 강화?

곰?

곰 신체 강화

곰 장비에 마력을 통하게 함으로써 신체를 강화할 수 있다.

아무 말 없이 스테이터스 창을 닫았다.

못 본 셈 치고 다음 마법을 훈련하기로 했다.

곰 신체 강화는 넘기고 공격 마법을 훈련할 수 있는 장소를 찾았다.

숲 입구 근처.

음, 여기면 괜찮으려나?

이 세계에서 마법을 사용하는 방법은…….

1. 마력을 모은다.

2. 사용하고 싶은 마법 이미지를 떠올린다.

3. 주문.

게임의 경우.

1. 마력을 모은다.

2. 주문.

게임 쪽이 간단했다.

마력을 모아서 주문을 읊기만 하면 됐기 때문이다.

마력을 모아 「파이어」라고 읊는 것만으로 마법이 발동했다.

이 세계의 경우 이미지가 필요했다.

하지만 이미지라면 여러 게임이나 만화, 소설을 읽어 온 내겐 크게 문제 되지 않는다.

마력을 손에 모았다.

불타오르는 불의 구슬을 상상했다.

"파이어 볼."

네, 간단히 성공했습니다.

곰의 입에 불의 구슬이 물려 있네요.

뜨겁지는 않습니다.

곰도 불타지 않습니다.

팔을 뻗어 던지는 상상을 더했다.

10미터 앞에 있는 바위를 목표로 삼았다.

곰의 입에서 불의 구슬이 날아가 바위에 부딪쳐 바위를 파괴했다.

시험 삼아 마력을 모아 상상한 것만으로 파이어 볼을 만들었다.

입 밖으로 말을 하지 않아도 쓸 수 있다는 것을 확인할 수 있었다.

하지만 입으로 「파이어 볼」이라고 외치는 편이 상상하기 쉽고 발동도 빨랐다.

게임에서도 발동에는 주문이 필요했고, 주문을 외치는 편이 마법을 발동하기 쉬웠다.

다음으로 물의 마법을 사용해보았다.

"워터 볼."

불과 같이 곰의 입에 물의 구슬이 물려 있었다.

바위를 향해서 물의 구슬을 던졌다.

바위에 부딪치자 바위가 살짝 파괴되었다.

그렇다면 물을 얼려보자.

구슬 앞이 뾰족해지는 상상을 한 후 바위를 향해 던졌다.

곰의 입에서 얼음 창이 날아가 바위를 파괴했다.

불은 숲 속에서는 사용할 수 없으니 얼음이 편리하겠네.

곰의 손으로 바람을 불러일으켜…….

“에어 커터.”

바람의 검을 날렸다. 바위가 잘렸다. 딱 두 개로 말이죠.

다음은 땅 마법이다.

땅 마법이라면 방어계인가?

게임에서는 땅 마법으로 지면을 사용해 벽을 만들어 적의 공격을 막았다.

곰에게 마력을 모은 후 지면에 손을 댔다.

벽을 만드는 상상을 했다.

“월 실드.”

땅이 솟아올라 벽이 만들어졌다.

강도는 모르지만 벽이 만들어졌다.

이것으로 불, 물, 바람, 땅, 네 가지 속성을 제패했다.

스테이터스 창을 확인해보자.

이름: 유나

나이: 15세

레벨: 8

스킬: 이세계 언어, 이세계 문자, 곰의 이차원 박스, 곰 관찰경

마법: 곰 라이트, 곰 신체 강화, 곰 불 속성 마법, 곰 물 속성 마법, 곰 바람 속성 마법, 곰 땅 속성 마법

장비

오른손: 검은 곰 장갑(양도 불가)

왼손: 흰 곰 장갑(양도 불가)

오른발: 검은 곰 신발(양도 불가)

왼발: 흰 곰 신발(양도 불가)

옷: 블랙흰 곰 옷(양도 불가)

속옷: 곰 속옷(양도 불가)

역시 전부 곰이 붙어 있었다.

곰 불 속성 마법

곰 장갑에 모은 마력에 의해 불 속성의 마법을 사용할 수 있다.

위력은 마력, 상상에 비례한다.

곰을 상상하면 위력이 더욱 올라간다.

곰 물 속성 마법

곰 장갑에 모은 마력에 의해 물 속성의 마법을 사용할 수 있다.

위력은 마력, 상상에 비례한다.
곰을 상상하면 위력이 더욱 올라간다.

곰 바람 속성 마법
곰 장갑에 모은 마력에 의해 바람 속성의 마법을 사용할 수 있다.
위력은 마력, 상상에 비례한다.
곰을 상상하면 위력이 더욱 올라간다.

곰 땅 속성 마법
곰 장갑에 모은 마력에 의해 땅 속성의 마법을 사용할 수 있다.
위력은 마력, 상상에 비례한다.
곰을 상상하면 위력이 더욱 올라간다.

결론부터 말하자면 곰이 없으면 마법을 쓸 수 없었다.

이미 알고 있었습니다.

이미 포기하고 있었다.

하지만 신경 쓰이는 한 문장이 있었다.

『곰을 상상하면 위력이 더욱 올라간다』.

「곰을 상상하면」이라니.

시험 삼아 곰의 형상을 한 불을 상상해 보았다.

눈앞에 새빨갛게 불타는 곰 불이 생겼다.

"으……음."

일단 큰 바위를 향해서 곰을 던졌다.

바위가 녹았네요.

용암이네요.

위험하네요.

이 마법은 봉인입니다.

산불이 나면 큰일이니 물을 끼얹어 불을 껐다.

평범한 물로는 꺼지지 않았기 때문에 워터 베어를 만들어 겨우 겨우 용암을 식힐 수 있었다.

위험해, 위험해.

잠시 쉬고 있는데—.

숲에서 나뭇가지를 가르는 소리가 들려왔다.

울프 한 마리가 나타났다.

마법 훈련 상대가 왔습니다.

불 속성 마법으로는 숲을 불태울 수도 있기 때문에 물 속성의 마법을 사용했다.

마력을 모아, 자잘한 얼음을 상상했다.

"아이스 애로우."

울프의 머리에 박혔다.

머리에 얼음이 박힌 울프는 움직일 수 없게 되었다.

역시 이 곰, 명중률 보정 효과가 있는 게 분명해.

아까 그 바위도 그렇고, 목표로 정한 곳에 반드시 맞는다.

편리해서 좋긴 하지만…….

울프에게 다가가 사체를 곰 박스에 담았다.

해체는 할 수 없지만 지금 나에게는 곰 박스가 있다.

나중에 팔러 가기로 했다.

"울프라……."

조금 고민하고 숲 안쪽으로 가기로 정했다.

마법 훈련에는 딱일지도…….

울프는 게임에서도 초보 플레이어의 훈련 상대였다.

곰 신발의 힘을 이용해 숲을 달렸다.

신발에 마력을 흘려보내자 속도가 올라가 점프력도 올라갔다. 착지할 때에도 곰 신발 덕분에 충격이 없었다. 곰 장비 너무 편리하잖아!

숲 속을 달리며, 가끔은 점프를 해서 울프를 찾았다.

점프를 해서 아래를 보니 울프 무리가 있는 것이 보였다.

“많네.”

무리일 것 같으면 도망치면 되겠지.

울프 무리 한가운데에 착지했다.

동시에 얼음 화살을 세 개 만들어 날렸다.

세 개 모두 울프의 머리에 박혔다.

세 개 동시 발사도 OK.

뒤에서 울프가 습격해 왔다.

“월 실드.”

순간적으로 흙벽을 만들었고 울프가 벽에 충돌했다.

그 순간 다른 한 마리가 오른쪽에서 덮쳐 왔다.

“곰 펀~치.”

울프가 나가떨어졌다.

또다시 다른 울프가 덮쳐 왔다.

“다시 곰 펀치.”

울프가 날아갔다.

거리가 생겨서 다시 마법을 사용했다.

확실히 곰 펀치도 위력이 올라가 있었다.

"에어 커터."

울프가 딱 둘로 나뉘었다.

피가 분출했다.

음, 이건 기분이 좋지 않군.

반쯤 게임 감각으로 하고 있지만, 실제로는 현실이니까 말이지.

쓰러뜨릴 거면 얼음을 쓰는 게 나을까.

하지만 언젠가는 익숙해져야 한다.

싫은 건 나중에 생각하기로 하고 오늘은 마법 훈련을 하기로 했다.

아직 주변에 울프가 있으니까 말이다.

높게 점프했다.

얼음 화살을 상상할 수 있는 만큼 만들었다.

수십 개의 화살이 생겼다.

지면에서 으르렁거리는 울프를 목표로 삼아 그쪽을 향해 던졌다.

역시 정수리에는 직격하지 못했지만 몸에는 박혔다.

순간적으로 수십 마리의 울프가 쓰러졌다.

지면에 착지해서 근처 울프 한 마리에 곰 펀치를 날렸다.

마법과 펀치를 반복해 갔다…….

싸움이 끝났다.

지면에는 무수한 울프의 사체가 널브러져 있었다.

한 마리 한 마리 곰 박스에 담았다.

게임처럼 사라져서 아이템이 되면 좋았을 텐데.

마물을 쓰러뜨리는 것에 망설임은 없었다.

문제는 쓰러뜨린 후 피투성이인 사체였다.

이것이 유일하게 게임과 다른 부분이었다.

사체는 다 합쳐 40구 정도였다.

정신적으로 지쳤기 때문에 마법 훈련을 끝내고 마을로 돌아가기로 했다.

11 곰 씨, 랭크 E가 되다

마을로 돌아와 곧바로 길드로 향했다.

문지기 아저씨가 또 머리를 쓰다듬었다.

어린애 취급은 하지 말아줬으면 좋겠다.

길드에 들어서자 모험가들의 시선이 일제히 나에게 모였다.

하지만 내가 모험가들 쪽을 보자 모두 시선을 피했다.

아무도 아무런 말이 없었기 때문에 접수대로 향했다.

"유나 님, 오늘은 어쩐 일인가요?"

헬렌 씨가 말을 걸어주었기 때문에 헬렌 씨의 접수대로 향했다.

"숲에서 울프를 쓰러뜨렸는데 이런 경우는 어떻게 하면 좋을까요? 만약 보드에 의뢰서가 있으면 그걸 받고 바로 의뢰 성공이 되나요?"

"의뢰 내용이 토벌만이라면 토벌 증거인 마석을 갖고 오시면 의뢰는 성공입니다. 단, 그 마석이 기간 내의 것이라는 것이 절대 조건입니다."

"기간 내?"

"오늘 의뢰했는데 토벌한 마석을 한 달 후에 갖고 오시면 그것도 곤란하니까요."

"그게 판별이 가능한가요?"

"네, 가능합니다."

가능하다니…….

역시 이세계야.

"울프 토벌은 상설 의뢰이므로 상시 접수받고 있습니다. 단, 고기, 모피도 필요합니다. 고기는 식당이나 일반 가정의 식탁에 올라가 이 마을의 식량이 되죠. 모피는 옷 등에 쓰이기 때문에 길드에서는 상설 의뢰로 정해 놓았습니다."

"그럼 그 울프 의뢰 부탁 가능한가요?"

"네, 울프 한 마리가 랭크 F, 세 마리면 랭크 E 취급됩니다."

"어라? 울프를 쓰러뜨리면 랭크 E 정도의 실력은 된다고 하지 않았나요?"

"네, 죄송하지만 정확하게는 세 마리 이상입니다. 한 마리로는 전투 기술이 인정되지 않기 때문입니다."

"그렇구나. 뭐, 일단 마흔 마리 있으니까 부탁할게요."

"……으……음, 유나 님. 지금 뭐라고……."

"마흔 마리 정도 있으니까 부탁한다고요."

내가 그렇게 말하자 뒤에서 수군거리는 소리가 들려왔다.

"울프 마흔 마리래."

"농담이겠지."

“어떻게 하면 혼자서 그렇게 쓰러뜨릴 수 있다는 거야?”

“하지만 저 곰, 그 곰이잖아.”

“그 곰 말이야.”

“그럼 가능한 거 아냐?”

“그 곰이라면 가능하겠지.”

“나는 본 적이 없거든? 싸우는 곰.”

“나는 봤다고. 저 곰한테는 거스를 수 없어.”

“나는 곰이랑 싸웠어. 죽을 테니 관두는 게 좋을 거야.”

이런저런 소리가 들려왔다.

“실례합니다만, 그것들이 어디에 있죠? 마석만으로는 인정 안 됩니다만.”

“해체는 하지 않았지만 아이템 주머니에 확실히 들어 있어요.”

“아이템 주머니를 갖고 있으신가요? 그것도 울프가 마흔 마리나 들어갈 정도의 주머니가 말이죠. 그렇다면 죄송합니다만, 옆 건물로 와주시겠어요?”

헬렌의 안내를 받아 옆 건물로 향했다.

뒤에서 몇몇의 남자들이 따라왔다.

구경꾼인가.

그렇게 따라간 장소는 전에 피나와 울프 소재를 판 장소였다.

겐츠 아저씨는 보이지 않았고 다른 남성이 맞이해주었다.

쉬는 날인지 안에 있는지 여기에서는 알 수 없었다.

“헬렌 씨, 어쩐 일이세요?”

남성 직원이 헬렌을 알아차리고 이쪽으로 다가왔다.

“울프를 갖고 오셔서요. 괜찮을까요?”

“괜찮아요. 창고 쪽에도 지금 해체는 안 하고 있어요.”

곰 박스에서 울프의 사체를 꺼냈다.

이때 알게 된 것이 하나 있었다.

흰 곰의 입에 손을 넣지 않아도 물건을 꺼낼 수 있다는 것이 판명됐다.

흰 곰의 손을 카운터에 두고 꺼내고 싶은 아이템(울프)을 떠올리면 나왔다.

이것 참 편리하네.

만지지 않아도 되는 건 기쁜 일이었다.

뒤쪽에서는…….

“진짜 마흔 마리야.”

“역시 곰이야.”

“저 곰이랑 엮이면 울프처럼 될 거야.”

“나는 맞아보고 싶어.”

“나는 밟혀보고 싶어.”

마지막 말은 전력으로 무시했다.

"이것으로 끝인가."

"유, 유나 님, 이거 전부 정말로 혼자서 쓰러뜨렸나요?"

"마법 연습하는 김에 겸사겸사 잡았어요."

"아…… 겸사겸사요?"

헬렌은 울프를 셌다.

"전부 해서 마흔두 마리네요."

"고기 상태나 모피 상태도 좋은 것 같군요. 그리고 마석도 살 건데 괜찮으신가요?"

"상관없긴 한데 울프의 마석 같은 게 쓰여?"

"네, 울프의 마석은 그다지 힘은 없지만 여러 용도로 쓰이죠. 빛 속성을 부여해서 방 조명으로 쓰거나, 물 속성을 부여해서 물이 나오게 할 수도 있습니다."

게임에서의 마석은 무기에 부여하는 게 보통이어서 강력한 마석이 아니면 그다지 의미가 없었지만, 이 세계에서는 일반 가정에서도 마석이 쓰이고 있나 보네.

"그럼 절차를 밟을 테니 다시 길드로 와주세요."

뒤를 돌아보자 모험가들이 소란스러웠지만, 변태 발언을 한 모험가가 있었기 때문에 무시하고 길드 안으로 들어갔다.

"그럼 랭크 E 의뢰로 처리하겠습니다. 길드 카드를 주시겠습니까?"

길드 카드를 건넸다.

길드 카드를 받은 헬렌이 다시 내 쪽을 바라봤다.

"한 가지 여쭤보고 싶은 게 있는데 괜찮을까요?"

"뭐죠?"

"그 울프들은 한 마리씩 잡으셨나요?"

"무리 지어 있길래 한꺼번에 해치웠어요."

"마흔 마리의 무리 말인가요……. 랭크 D 의뢰네요. 잠시 기다려주세요. 길드 마스터와 상담하고 오겠습니다."

헬렌은 그렇게 말하고 안쪽으로 가더니 바로 돌아왔다.

"이번 울프 토벌을 랭크 E 의뢰 14회 달성으로 간주해서, 유나 씨를 랭크 E로 승격시키겠습니다."

"그렇게 간단히 정해도 돼요?"

"길드 마스터의 허가는 받았습니다. 랭크 D 토벌 의뢰를 혼자서 달성하셨으니 자격은 충분해요."

"랭크 D?"

"네, 서른 마리 이상의 무리 토벌은 랭크 D가 됩니다."

"뭐, 올려준다면 거절할 이유는 없으니 괜찮지만……."

"그럼 그렇게 처리할게요."

무언가 카운터 안에서 조작하고 있었다.

"우선 여기 의뢰비입니다. 울프의 고기, 모피, 마석 등 마흔두 마리 몫입니다. 하지만 울프가 해체되어 있지 않았기 때문에 20

퍼센트 할인이 들어갔습니다."

피나가 말했던 게 이건가?

모험가는 보통 직접 해체해서 가져오는 모양이었다.

20퍼센트는 해체 작업 비용인 것 같았다.

피나에게 이미 들은 이야기여서 헬렌의 말에 수긍하며 가죽 주머니에 든 돈을 받아 곰 박스 안에 넣었다.

마지막으로 절차 처리가 끝난 길드 카드도 넣었다.

"이것으로 유나 씨는 랭크 E가 되셨으니 열심히 해주세요."

"고마워요."

거래를 끝내고 일단 여관의 방으로 돌아왔다.

울프도 쓰러뜨렸으니 레벨이 올랐을 것 같아서 스테이터스 창을 불러보았다.

이름: 유나

나이: 15세

레벨: 13

스킬: 이세계 언어, 이세계 문자, 곰의 이차원 박스, 곰 관찰경, 곰 탐지

마법: 곰 라이트, 곰 신체 강화, 곰 불 속성 마법, 곰 물 속성 마법, 곰 바람 속성 마법, 곰 땅 속성 마법

장비

오른손: 검은 곰 장갑(양도 불가)

왼손: 흰 곰 장갑(양도 불가)

오른발: 검은 곰 신발(양도 불가)

왼발: 흰 곰 신발(양도 불가)

옷: 흑백 곰 옷(양도 불가)

속옷: 곰 속옷(양도 불가)

스킬 하나가 늘었다.

곰 탐지

곰의 야생의 힘으로 마물과 사람을 탐지할 수 있다.

분명 게임에선 도적이 얻을 수 있는 스킬이었다.

이런 스킬까지 습득할 수 있는 곰이라니.

하지만 이 스킬로 마물을 찾는 건 쉬워지겠네.

12 곰 씨, 또다시 길드에서 시비가 붙다

다음 날, 의뢰를 받으러 아침 일찍 길드로 향했다.
빨리 가는 이유는 좋은 일을 얻기 위해서다.
가능하면 마법 연습이 될 토벌계가 좋았다.
덧붙여 말하자면 울프 이외가 좋았다.
그런 의뢰를 원해서 아침 일찍 나갔던 것이었다.

길거리를 천천히 둘러보며 걷고 있는데 뒤에서 목소리가 들렸다.
"유나 언니, 좋은 아침이에요."
"피나, 좋은 아침이야. 오늘도 길드에 가니?"
"네, 맞아요. 유나 언니도 길드에 가세요?"
"그래, 일이라도 해볼까 싶어서 말이야."
"그렇군요. 다치지 않도록 조심하세요."
"피나도 일감이 있으면 좋겠네."
"네."
피나가 웃음을 띠며 손(곰)을 잡았다.
뿌리치는 행동 따위 하지 않고 손을 같이 마주잡아주었다.
피나의 미소가 더욱 만면에 퍼졌다.

자매가 없었던 나로서는 이런 여동생을 원했는지도 모른다.

싱글싱글 웃고 있는 피나와 이야기를 하며 걷고 있자 길드가 보였다.

"그럼 저는 물어보고 올게요."

"다녀와."

피나를 보내고 길드 안으로 들어갔다.

보드 앞에는 사람들로 북적이고 있었다.

늦었나.

한 명이 나를 눈치채고, 두 명이 눈치를 채고, 점점 더 퍼져 갔다.

하지만 말을 걸어오는 사람은 없었다.

그렇게 생각하는데 누군가가 말을 걸어왔다.

"네놈이냐, 데보라네 님을 쓰러뜨린 계집이."

한 남자 모험가가 말을 걸어왔다.

나보다는 서너 살 많으려나.

"……데보라네?"

고개를 갸웃거렸다.

기억에 없는 이름이었다.

"누구지?"

떠오르지 않았기 때문에 되물었다.

"너잖아. 곰탱이 옷을 입고 곰탱이 장갑을 끼고 발에도 곰탱이 신발을 신고 있는, 형편없는 차림을 한 계집."

분명 전 세계를 찾아봐도 이런 모습을 하고 있는 건 나뿐일 테지.

달리 있다면 보고 싶을 정도였다.

"데보라네였나, 그 사람에 대해서는 모르지만 그 곰탱이 모습을 한 계집은 나인 것 같은데."

"네 녀석 때문에 데보라네 님이 부상을 당해서 일을 못 하고 계신다."

"혹시 나에게 시비 걸려고 온 모험가인거야?"

짐작 가는 건 그 정도였다.

"그래."

아, 생각났다. 맨 처음에 시비를 걸어온 남자의 이름이 분명 그런 이름이었다.

그렇다고 해서 내가 불만을 들을 이유는 없는 것 같은데.

길드 마스터를 불러야 하나.

누가 시비를 걸면 대응해 주기로 했으니까.

"데보라네였나, 그 고블린이 싸움을 걸었는데 내가 이겼어. 그래서 그 고블린이 부상을 당했을 뿐이야. 나는 잘못 없어. 게다가 고블린이 부상당한 정도로 소란 피울 필요는 없잖아."

"너, 데보라네 님을 고블린 취급을 하는 거냐!"

"예의가 없고, 약한 상대한테 뻐기고, 말이 통하지 않고, 몰려다니지 않으면 아무것도 할 수 없는 거. 어떻게 봐도 고블린이잖아?"

"웃기지 마!"

시끄럽네.

그렇게 소리치지 않아도 들린다니까.

"그 일이라면 그 남자의 잘못으로 끝났을 텐데?"

"데보라네 님이 네 녀석 같은 이상한 계집 나부랭이에게 졌을 리가 없어!"

"란즈, 그만 둬. 길드 마스터에게 설명 들었잖아. 그녀는 잘못 없어." 이십 대 초반 정도의 금발 여성이 남자와 내 사이로 끼어들었다.

마른 몸에 꽤 미인이었다.

"하지만 이 녀석 때문에 의뢰가 불가능하잖아."

"그래도 그녀의 탓이 아닌 건 알잖아."

"길, 너도 무슨 말이라도 해보는 게 어때?"

여자의 옆에 서 있는 거구의 남자에게 말을 걸었다.

"데보라네가 잘못했어."

"뭐야. 너까지 이 이상한 계집애 편인 거야?"

"이야기를 들어보면 데보라네가 잘못했어."

"그렇다고 그렇게까지 할 건 없잖아."

그렇게 심한 상태인건가.

분명 얼굴이 변형될 정도로 곰 펀치를 날렸지만…….

"데보라네가 잘못했으니 어쩔 수 없어."

"그래. 자칫하면 길드 카드를 박탈당할 뻔 했으니까."

"그것도 이 녀석 탓이잖아."

"음, 셋이서 얘기할 거면 나는 가도 되나?"

"아, 미안해. 데보라네가 부상을 당한 탓에 우리들도 의뢰가 불가능해져서 란즈가 화가 난 거야."

"그렇다고 내가 불만을 들을 이유는 없는 것 같은데."

"그건 알고 있지만……."

"데보라넨가, 그 녀석 부상이 나을 때까지 셋이서 할 수 있는 의뢰를 하면 되잖아."

"이미 받아버렸어."

"거절하면 의뢰가 실패 취급이 된단 말이야."

실패는 길드 카드에 기록으로 남는다.

되도록 실패의 오점은 남기고 싶지 않을 것이다.

그렇다고 해서 나에게 엉뚱하게 분풀이를 해도 곤란했다.

고블린(데보라네)의 일은 그쪽이 싸움을 걸어온 것이니까 나는 잘못이 없다.

"포기하면?"

"랭크 오르는 게 늦어지겠지."

“모험가가 유나에게 시비를 걸고 있다길래 와봤더니, 너희였냐?”

“길드 마스터!”

근육남이 왔다.

접수대의 누군가가 불러준 것 같았다.

“데보라네 건은 유나가 잘못한 게 아니라고 알려줬잖아.”

“그렇지만 이 녀석 때문에 의뢰가 불가능해졌어요.”

“그건 자업자득이다. 데보라네가 이 녀석에게 싸움을 걸었다가 졌기 때문이야. 너희가 데보라네를 혼자 두고 감시하지 않았던 것이 잘못이다. 너희도 데보라네가 툭하면 시비를 걸고 다니는 건 알고 있었지 않나.”

“그렇긴 하지만…….”

“그렇다면 좋은 방법이 있다.”

“뭔데요? 의뢰를 포기해도 실패는 없애주는 건가요.”

“그건 무리다. 한 번 받은 의뢰를 없앨 수는 없어. 거절을 하면 실패 취급이 되지.”

“그렇다면 좋은 방법이란 게 뭔데요?”

“여기 유나를 데려가면 되잖니. 데보라네보다 강하단 건 판명되었으니 말이야.”

“잠깐, 왜 멋대로 정하는 거예요?”

근육남이 말도 안 되는 말을 꺼냈다.

"간단한 얘기잖아. 데보라네 대신 유나를 넣어서 임시로 파티를 맺기만 하면 돼."

"싫어요. 어째서 내가 그런 이유모를 의뢰를 받아야 하죠?"

"그게 가장 원만하게 끝나기 때문이다."

"저기, 유나라고 했나. 이야기만이라도 들어줄 수 없을까?"

마법사로 보이는 여자가 말을 걸어왔다.

어쩌면 좋지…….

게임에서도 파티 경험이 적은 나로서는 파티는 맺고 싶지 않은데 말이지.

외톨이가 아니니까 파티 경험은 있어.

적을 뿐이지.

똑바로 바라보는 마법사 여자에게 거절할 말을 찾지 못하고, 이야기만이라도 듣기로 했다.

길드의 한 방으로 데보라네의 파티 멤버 세 명과 함께 들어갔다.

덧붙이자면 길드 마스터는 도망쳤다.

그 근육남…… 성가신 일에서 구해준다고 하지 않았나.

이것도 전부 데보라네의 잘못이다.

"그럼, 우선 자기소개를 할게. 나는 루리나야. 저기 당신에게 불만을 퍼붓던 게 란즈, 아무 말 없는 쪽은 길이라고 해."

"나는 유나야."

일단 인사만은 해 두자.

"그럼 얘기를 시작해 볼까? 우리가 받은 의뢰는 고블린 토벌이야."

고블린 토벌?

고블린은 인간 형태에 지능이 낮은 마물이었다.

그건 초보용 마물 아닌가?

그거를 파티로 쓰러뜨린다니, 이 파티가 약한 건가?

"단순한 고블린이 아니야. 쉰 마리 정도의 무리 토벌이지. 전선 담당인 데보라네가 없으면 힘들어."

고블린 쉰 마리. 게임이라면 물론 하찮은 상대였다.

지금의 나라면 어떨까.

울프 무리 토벌도 간단했고…….

게임에서는 고블린과 울프는 같은 레벨 취급이었으니 분명 힘이 비슷할 것이다.

그렇게 생각하니 무리를 짓고 있다고 해도 쓰러뜨리지 못할 마물은 아니었다.

"확인하는 건데, 울프 무리랑 고블린 무리 중 어느 것이 간단해?"

"의뢰 내용의 랭크로 따지면 같아. 파티 구성에 따라 잘하는 것과 못하는 것이 있으니 의뢰를 받은 파티 멤버들이 하기 나름일 거야. 우리는 고블린 쪽이 더 쉬운 것 같아."

"왜?"

"울프는 움직임이 빠르니까. 지원하는 마법사가 나 혼자인 이상 힘들어. 고블린이라면 접근전으로 밀어붙여서 쓰러뜨릴 수 있으니까 말이야."

아무리 그래도 고블린이 쉽다니.

사람 형태의 마물이다.

언젠가는 싸워야 하긴 하니까…….

게임이라면 뭐든 상관없었겠지만……. 으~음.

"네 녀석 때문이야. 힘을 보태!"

"란즈는 조용히 해!"

도와줄 수는 있지만 데보라네 대신이라는 것도 싫고, 란즈라는 남자도 태도가 좋지 않고, 길이란 사람은 말없이 보고만 있으니, 제대로 된 건 루리나 정도뿐이네.

은둔형 외톨이인 나로서 본심을 말하자면 다른 사람과 같이 행동하는 것은 귀찮아서 도와주고 싶지 않았다.

하지만 부상을 입힌 건 분명하기도 하니…….

그렇지만 나는 잘못 없어.

으으으으음…… 어쩌지.

"으~음, 조건을 걸어도 될까?"

"우리가 할 수 있는 거라면 괜찮아."

"의뢰비 배분 문제인가? 지저분한 여자로군."

나는 무시했다.

"의뢰는 나에게 맡길 것, 의뢰 성공은 너희가 달성한 것으로 해도 좋아. 의뢰비도 전부 줄게. 대신 데보라네가 두 번 다시 얼씬거리지 못하도록 해줬으면 하는데."

"유나에게만 맡기라니……."

"우린 잠자코 보고만 있으란 거야?"

"왜, 좋잖아? 의뢰 달성도 댁들의 것이고, 성공 보수도 댁들의 것이니 댁들에게 불리한 점은 없을 텐데?"

"네 녀석이 실패하면 우리가 실패한 것으로 된다고. 그런 조건을 받아들일 리 없잖아?"

"게다가 그런 창피한 일은 못 해. 다른 사람이 성공한 의뢰를 자신이 한 것으로 하다니……."

남자가 하는 말에도 일리가 있었다. 내가 실패하면 이 파티가 실패한 것으로 취급된다.

게다가 루리나의 심정도 이해가 됐다.

모험가로서 창피한 행동이기도 할 것이다.

어쩌지…….

"그럼 루리나 혼자만 도와주는 것으로 하는 건?"

"어째서 루리나 혼자만이지?"

"그야 당연하잖아. 이 중에서 제일 멀쩡하고 제일 상식적이고 제일 말이 통하는 데다 유일하게 여자이니까. 가장 큰 이유는 내가 댁이랑 같이 일을 하고 싶지 않아."

"이 녀석……!"

"란즈, 그만 둬."

루리나가 말렸다.

"유나 혼자서 고블린 무리를 쓰러뜨릴 수 있겠어?"

"되지 않을까? 울프 무리도 간단했고, 오히려 동료가 있으면 마법에 방해가 되기도 하니까 ……."

"유나, 마법을 사용할 수 있어? 데보라네는 때려눕힌 것으로 아는데."

"마법은 쓰지 않았어."

정확하게 말하면 그때는 아직 마법을 배우지 않았으니 쓰지 않았던 것이다.

"그런 약한 상대에게 마법까지 쓸 필요는 없잖아. 루리나도 작은 벌레를 처리하는 데 마법 같은 건 쓰지 않잖아?"

"……."

란즈도, 루리나도 데보라네가 벌레 취급을 당하자 볼품없이 입을 쩍 벌렸다.

"정말 가능해?"

"데보라네(고블린)가 쉰 마리인 거잖아."

“고블린이야!”

란즈라는 남자가 정정했다. 그 옆에서 생각에 잠겨 있던 루리나가 입을 열었다.

“알았어. 내가 따라갈게.”

“루리나?”

“길도 그거로 괜찮지?”

“상관없어.”

“그럼 유나, 잘 부탁할게.”

“그래, 언제 출발하지?”

“유나만 괜찮다면 지금이라도 좋아.”

“딱히 상관없지만 난 아무런 준비도 하지 않았어.”

“그건 괜찮아. 원래 오늘 아침 제일 먼저 나갈 예정이어서 4인분 식량도, 토벌 준비도 다 해놨어.”

란즈가 조용히 내 쪽을 주시하고 있었지만 무시했다.

길은 입을 열지 않았다.

루리나와 둘이서 고블린 토벌을 하러 가기로 했다.

13 곰 씨의 고블린 토벌

루리나와 둘이서 고블린 무리를 토벌하러 길드를 나섰다.

"일단 묻는 건데, 유나는 그 차림으로 갈 거야?"

루리나가 곰 차림을 보며 물었다.

"이 차림으로 갈 건데."

이미 포기한 상태다.

"그렇구나."

루리나는 내 곰 모습을 보고 한숨을 내쉬었다.

나도 좋아서 이런 차림으로 있는 게 아니야.

"그런데 고블린이 있는 곳은 어디지?"

"동쪽 문에서 세 시간 정도 떨어진 마을 근처 산이야."

"세 시간?!"

"응. 그래서 얼른 가서 오늘 중으로 마을에 도착했으면 해."

은둔형 외톨이에게 세 시간이나 걸으라는 말씀이신가요.

곰 신발이 없었으면 분명 거절할 거리였다.

"물도 식량도 갖고 있으니 걱정 마."

걱정하고 있는 건 그 부분이 아니야.

참고로 내가 마법 연습을 한 숲은 서쪽 문에 있었다.

마을을 나와 세 시간이나 걸을 생각을 하니 한숨이 나왔다.
장소를 확인한 뒤에 받아들였어야 했다.
버스는 이미 떠난 뒤였다.
우울한 기분으로 고블린이 있는 근처 마을로 향하는 길을 걸었다.

"으……음, 뭐 하나 물어봐도 될까?"
"대답할 수 있는 거라면 말이지."
"어째서 그런 차림을 하고 있는 거야? 유나가 얼마나 센지 모르겠지만 모험가라면 제대로 된 옷차림을 하는 게 낫지 않을까?"
누군가는 반드시 물어볼 질문이라고 생각했다.

Q. 어째서 그런 옷차림인가요?
A1: 이 옷차림을 좋아해서(그딴 거짓말을 할 생각은 없다).
A2: 최강의 방어구라고 솔직하게 말한다(자신의 비밀을 가르쳐 줄 바보는 없다).
A3: 이 곰이 없으면 마법을 쓸 수 없다고 말한다(자신의 약점을 발설할 바보는 없다).
A4: 엄마의 모습이라고 거짓말을 한다(항상 입고 있는 이유로는 부족하다).
A5: 나름 괜찮은 방어구라고 말한다(이건 무리이려나?).

"평범한 방어구보다는 세니까."

"그래?"

"소재는 모르지만 곰 옷은 물리, 마법에 대한 내구성도 있고 이 하얀 곰은 아이템 주머니로도 쓸 수 있어."

곰 박스에 대한 건 울프를 팔 때 알려져서 숨길 필요도 없었다.

"그럼 이 검은 곰돌이는?"

"힘 강화라고 할까, 내 힘을 증폭시켜 줘."

길에서 조금 벗어난 곳에 있는 바위를 향해 곰 펀치를 날렸다.

바위가 부서졌다.

"이 힘으로 데보라네를 쳤구나. 그래서 얼굴이 그렇게 된 거였어."

곰의 정보를 조금 알려준 것만으로 루리나는 납득을 한 모양이었다.

"그럼 그 신발에도 의미가 있어?"

"신발? ……그래, 좋은 생각이 났어."

나는 곰 신발과 곰 장갑을 바라보았다.

그리고 히죽히죽 웃어보였다.

"루리나."

"뭐야…… 그 눈은."

"좀 더 빨리 마을로 갈까?"

"무슨 말이야?"

수상한 낌새를 느꼈는지 나에게서 조금 거리를 두었다.

재빨리 루리나의 뒤로 돌아가 다리를 걸어 쓰러지는 순간에 안아 들었다.

여자의 꿈, 공주님 안기였다.

나는 받고 싶지 않지만 말이다.

"꽉 잡아. 말하면 혀 깨무니까 위험해."

그렇게 말한 뒤 나는 뛰기 시작했다.

"잠깐만—."

빠르다, 빨라.

"유나, 멈춰—."

그 말을 무시하고 계속 달렸다.

곰 장갑 덕에 완전 가벼웠다.

곰 신발 덕에 완전 빨랐다.

곰 신발 덕에 아무리 달려도 전혀 힘들지 않았다.

마을 근처에 도착했다.

"유나, 너무해. 멈추라고 그렇게 말했는데……. 내 첫 경험(공주님 안기)이었는데, 무서웠단 말이야."

바닥에 내린 루리나는 눈물을 글썽였다.

"하지만 빨리 도착했잖아."

걸어서 세 시간인 거리를 삼십 분 만에 도착했다.

"설마 지리진 않았지?"

"지리지 않았네요. 그래도 이렇게 빨리 도착할 줄은 몰랐어."

아직 오전 중, 점심까지 시간이 있다.

"원래는 이 마을에서 고블린에 대해 이야기를 듣고 하루 묵은 뒤 토벌하러 갈 예정이었어."

"그럼 이대로 고블린을 토벌하러 갈까?"

"그래. 유나가 지치지 않았다면 촌장님께 고블린 이야기를 듣고 가자."

마을 입구로 가서 문지기에게 인사를 건넸다.

"그 차림은 뭐지? 혹시 모험가인가?"

한 번 나를 보고 나서 다음으로 루리나를 봤다.

그 차림은 뭐지?=나.

모험가인가?=루리나.

—라는 건가?

"우리는 모험가예요. 이 주변에 나타난 고블린을 토벌하러 왔어요."

루리나가 설명했다.

"너희 둘뿐인가?"

문지기가 불안한 표정을 지었다.

그야 그렇겠지.
고블린이 엄청 많은데 의뢰를 보냈더니 여자만 두 명.
게다가 한 명은 이상한 차림을 하고 있으니—.
불안할 수밖에 없을 거야.
"네. 이야기를 듣고 싶은데 촌장님을 뵐 수 있나요?"
"알겠다. 따라와라."
문지기는 우리를 쫓아내지 않고 마을 안으로 들어가게 해주었다.

문지기에게 이끌려 마을 중앙에 있는, 혼자서만 조금 큰 집으로 안내받았다.
"촌장님! 계세요?"
"뭐야? 로이."
집에서 오십 대 정도로 보이는 남자가 나왔다.
"모험가가 와주었어요."
"아아, 와줬군. 이제 안심할 수 있겠어……?"
나를 본 순간 목소리 톤이 낮아졌다.
"저기, 미안한데, 둘뿐인가?"
"네, 둘이지만 처리는 할 테니 안심하세요."
"그렇군요."
불안한지 문지기와 같은 눈으로 바라봤다.

역시 겉모습은 중요하군요~.

나라도 곰 인형 옷을 입은 여자에게 「고블린 퇴치하러 왔습니다」라는 말을 들으면 이런 애송이가 할 수 있을까 하고 생각할 거다.

"가능하면 고블린을 본 장소를 알려주시면 좋겠는데요."

루리나는 촌장님의 태도를 무시하고 이야기를 이어 갔다.

"고블린은 이쪽으로 가면 있는 산에서 나와요. 사냥하러 나간 자가 몇 번 봤다는군요."

"그렇군요. 그럼 다녀오겠습니다. 만약 내일이 되어도 돌아오지 않으면 길드로 연락해 주세요."

"알겠습니다. 잘 부탁해요."

마을을 나와 고블린이 있는 산으로 향했다.

"유나, 정말 혼자 괜찮겠어?"

"괜찮아. 루리나에게 부탁할 건 딱 한 가지야. 고블린 토벌의 증거인 마석을 떼어 내 줘."

"그건 문제가 없는데……."

대답 확보!

마물 토벌의 증거는 마석인 모양이었다.

그건 몸을 갈라내어 빼내는 것 같았다.

응, 무리!

고블린은 소재가 되지 않아서 가지고 가봤자 곤란해 한다고 한다.

"그럼 가보자. 내가 앞장서서 걸을 테니 뒤따라와."

곰 탐지 마법을 썼다.

저쪽 방향에서 반응이 많이 일어났다.

맵이 나오지 않는 건 불편하지만 방향을 알 수 있는 건 편리하네.

쭉 걸어가니 위험 반응이 있었다.

이대로 가서 토벌하기로 했다.

"저기, 주변을 신경 쓰지 않고 걷는데, 조금 더 주변을 신경 쓰는 편이……,"

"괜찮아. 탐지 마법을 쓰고 있는데 이 주변에 마물은 없어."

"앗, 그런 마법이 있어?!"

"근데 고블린이 의외로 많은데?"

"많다고?"

"100마리 정도 있는 것 같은데?"

"잠깐, 100마리라니?! 정말이야? 그럼 우리만으로는 절대 무리잖아!"

"어째서? 데보라네가 100마리 있는 것뿐이잖아."

"그거 진심으로 하는 소리야?"

"그런데?"

루리나는 망연한 듯 한숨을 쉬었다.

"미리 말해두는데, 위험하면 난 유나를 두고 도망칠 거야."

"딱히 상관없어."

도망치는 건 내가 더 빠르기도 하고.

"하아, 정말 괜찮은 거야? 잘못된 선택을 한 것 같아."

숲을 걸은 지 한 시간. 그동안 고블린 스무 마리를 쓰러뜨렸다.

고블린 소굴로 향하기 전에 숲을 어슬렁거리고 있는 고블린부터 토벌했다. 이제 남은 건 소굴에 있는 고블린뿐이다.

"그 탐지 마법인가? 참 편하네. 고블린의 위치를 알 수 있다니. 반칙 아냐? 상대에게 들키기 전에 원거리 마법으로 일격을 가하고 말이야."

"토벌 증거인 마석이나 확실히 떼어 내."

"알고 있어."

눈앞에 쓰러져 있는 고블린의 몸을 나이프로 갈라 마석을 꺼내고, 사체는 불태웠다.

다른 마물이나 동물이 몰리지 않게 하기 위해서다.

"이 앞에 고블린 소굴이 있는 것 같아."

탐지 마법의 반응이 한 곳에 집중되고 있었다.

여기서부터는 천천히 다가갔다.

게임에서도 그랬지만 무리 토벌은 기습 공격이 잘 먹힌다.

눈치 채지 못하도록 최대 마법으로 일격을 날린 후, 깜짝 놀라 아무것도 못하는 마물에게 연타를 가한다.

게임이라면 그걸로 토벌은 성공이었다.

우선 눈으로 확인 가능한 위치까지 향했다.

“저 동굴 같아.”

“설마 저 동굴에 들어가겠다는 그런 말을 하지는 않겠지.”

아무리 나라도 고블린 무리가 있는 동굴에는 들어가고 싶지 않았다.

동굴 주변에 다섯 마리 정도가 있었다. 감시 역할인가.

“잠깐 확인해볼 테니 기다려봐.”

바람 속성 마법을 읊어 바람을 동굴을 향해 던졌다. 바람이 마력을 따라서 동굴 안 구석구석까지 불었다.

“확인 종료. 아무래도 동굴 입구는 저기뿐인 것 같아. 그럼 갔다 올 테니까 기다리고 있어.”

“잠깐, 정말 가는 거야?”

말하기 전에 감시하던 고블린들의 목을 에어 커터로 베었다.

그 다음으로 새빨갛게 불타는 곰을 상상했다.

“베어 파이어.”

동굴 안으로 곰의 모습을 한 화염을 던졌다.

이어서 다음 마법을 읊었다.

“베어 월.”

곰의 모습을 한 바위가 동굴 입구를 막았다.
이것으로 종료. 다음은 기다리는 것뿐이다.
"유나, 무슨 짓을 한 거야?"
"고열의 화염을 동굴에 넣어서 입구를 막은 것뿐이야. 지금쯤 동굴 안은 불에 타오르고, 거기다 산소도 없어서 고블린들은 질식사하고 있지 않을까?"
"산소? 질식사?"
설마 이 세계에 산소는 알려져 있지 않은 건가?
그렇다면 설명이 귀찮아지는데.
"간단하게 말하자면, 저 동굴 안은 공기가 없다는 뜻이야."
"그래?"
"밀봉된 곳에 불을 넣으면 공기가 없어져. 그래서 지금쯤 고블린은 공기가 없어서 괴로워하고 있을 거야. 간단하니 좋지? 아니면 동굴 안에서 고블린하고 싸우고 싶었어?"
루리나는 휙휙 고개를 가로질렀다.
"잠시 시간이 있으니까 감시하는 고블린을 처리하고 점심 먹을까?"
"여기서 먹어?"
루리나가 내키지 않은 듯이 말했다.
언제 고블린이 덮쳐 올지 모르는 곳에서 식사를 하고 싶진 않을 것이다.

하지만 탐지 마법이 있는 나는 아무렇지 않았다.

"마을로 한 번 돌아가는 것도 좋지만 귀찮잖아."

"그건 그렇지만. 근데 어느 정도 기다리면 돼?"

"보통 몇 분 정도? 우선 탐지 마법을 써서 전멸할 때까지 기다릴 생각이야."

일단 루리나는 입구 앞에 있던 고블린을 처리했다.

그리고 내 쪽으로 다가오더니 허리에 걸고 있는 주머니에서 식사를 꺼냈다.

저게 아이템 주머니라는 거구나.

"그 주머니는 어느 정도 들어가?"

"이거? 유나의 곰처럼 많이 들어가진 않아. 울프로 치면 다섯 마리 정도려나?"

그렇군.

그렇게 생각하니 이 곰, 참 사기네.

준비된 점심을 먹었지만 맛있지 않았다.

미지근한 물, 말린 고기 등, 아무래도 보통의 아이템 주머니에는 시간 정지 기능이 없는 것 같았다.

내 몫의 식사를 준비하면 좋았을걸.

점심 식사도 마치고 탐지 마법을 썼다.

"어라?"

"왜 그래."

"한 마리만 살아 있어."

"한 마리…… 설마……."

"짐작 가는 게 있어?"

"유나, 고블린이 다 합쳐서 100마리 가까이 있었다고 했지?"

"응."

"어쩌면 고블린 킹일지도 몰라."

"고블린 킹……."

고블린 킹…… 고블린의 왕, 보통 고블린보다 강하고 지능도 있는 고블린이다.

게임 세계에서도 초반 보스 취급을 받곤 했다.

"응, 고블린이 100마리나 모여 있었으니 가능성은 있어."

"이대로라면 죽을 것 같지도 않으니까 싸울 수밖에 없겠네."

"무리야! 고블린 킹은 랭크 C 마물이야. 랭크 C 파티로 쓰러뜨릴까 말까 하는 마물이라고!"

그렇다고 해도 마법을 쓰는 것도 아닌, 완력뿐인 마물이었다. 공격을 당하면 위험하겠지만 물론 당할 생각은 없었다.

"길드로 돌아가서 지원군을 불러와야 해."

"으……음, 괜찮지 않을까?"

“유나, 부탁이야. 지금은 내 말을 따라줘.”

“그럼 나 혼자 동굴에 들어가서 싸울 테니까 만약 내가 나오지 않으면 길드에 가서 지원군을 불러줘.”

“나보고 널 사지로 보내라는 거야?”

“글쎄 괜찮다니까. 그럼 바위 치울게.”

“유나!”

루리나가 소리치는 목소리를 무시하고 입구의 바위를 치웠다.

동굴 안에서 열풍이 불어왔다.

바람 속성 마법으로 안의 공기를 꺼냈다.

입구는 화염으로 인해 아직도 열기를 띠고 있었다.

“이대론 안으로 못 들어가겠는데.”

“그럼 무리니까 돌아가자.”

“응? 왕 스스로 나오는 것 같은데?”

“거짓말이지…….”

“루리나는 뒤에 숨어 있어.”

동굴에서 고블린보다도 한층 더, 두 배는 더 큰 고블린이 나왔다.

손에는 꺼림칙한 검이 쥐어 있었다.

나를 발견하더니 땅이 울릴 정도로 으르렁거렸다.

이게 고블린 킹…….

첫 시작으로 에어 커터를 날렸다.

고블린 킹은 검을 휘둘러 에어 커터를 쳐 냈다.

그대로 나를 목표로 정하고 울부짖으며 달려들었다.

빠르다.

곰 박스에서 검을 꺼냈다.

고블린 킹이 내리치는 검을 막았다.

무거웠나.

고블린 킹 쪽이 살짝 힘이 더 세기 때문에 눌렸다.

고블린 킹이 비어 있는 한쪽 손을 옆으로 휘둘러 나를 쳤다.

흰 곰으로 방어했지만 튕겨 나가 마법으로 자세를 고쳤다.

내 레벨이 낮은 건가.

일반 마법이 통하지 않는다면 곰 마법이라면 어떨까.

"베어 커터."

곰의 날카로운 발톱을 상상한 후 고블린 킹을 향해 곰 장갑을 휘둘렀다.

세 개의 바람 검이 고블린 킹을 덮쳤다.

고블린 킹은 조금 전과 같이 검을 휘둘러 마법을 파괴하려고 했다.

하지만 베어 커터는 사라지지 않고 고블린 킹을 덮쳤다.

"어라?"

쓰러지지 않았다.

고블린 킹은 세 개의 바람 검에도 피는커녕 절단조차 되지 않았다.

"단단한가?"

하지만 대미지를 준 것은 알 수 있었다.

고블린 킹은 대미지를 받은 것이 분했는지 소리치며 날카롭게 쳐다봤다.

그대로 달려온다.

슬슬 결판을 내 볼까.

땅 속성 마법을 써서 고블린 킹 앞에 깊은 구멍을 만들었다.

아무리 지능이 높은 고블린 킹이라도 발밑에 갑자기 뚫린 구멍을 알아차리진 못했다.

게다가 분노로 머리에 피가 쏠린 상태라면 더더욱 그랬다.

고블린 킹은 나만 주시했다.

고블린 킹은 발밑을 보지 않았다.

고블린 킹은 구멍으로 떨어졌다.

곰의 화염을 사용하면 고블린 킹이 녹아버려 토벌의 증거가 없어질 수도 있기 때문에, 구멍을 향해 베어 커터를 몇 번이고 날렸다.

"베어 커터, 베어 커터, 베어 커터, 베어 커터, 베어 커터."

의외로 끈질겼다.

구멍에서 울부짖는 소리가 들렸다.

올라오려고 하겠지만 베어 커터가 방해하고 있을 것이다.

베어 커터를 계속 날리자 울부짖는 소리가 들리지 않게 됐다.

탐지 마법을 쓰자 고블린 킹의 반응이 사라져 있었다.

내가 마법을 쓰는 것을 멈추자 루리나가 나무 그림자에서 나왔다.

"끝났어?"

"죽었어."

"설마 정말 고블린 킹을 쓰러뜨리다니."

"의외로 강해서 조금 놀라긴 했지만 말이야. 그럼 죽은 걸 확인할 테니까 구멍에서 떨어져 있어."

땅 속성 마법을 사용하여 구멍 바닥이 솟아오르게 만들었다. 구멍에서 나온 고블린 킹은 울부짖는 모습으로 죽어 있었다.

죽어 있는데도 그 얼굴은 공포감을 주었다.

"정말 죽어 있는 거지?"

"그래."

두려움에 떠는 루리나를 위해 고블린 킹에게 에어 커터를 날려 죽어 있는 것을 증명했다.

"이제 어쩌지?"

"유나, 아이템 주머니에 들어가지?"

"들어가긴 하지."

"그럼 부탁해도 될까? 마석을 가져가면 토벌의 증거가 되지만,

가능하다면 사체를 가져가고 싶어."

고블린 킹을 곰 박스에 넣었다.

그러는 김에 검도 주워 담았다.

"이제 동굴 안으로 들어가서 고블린 뒤처리만 하면 되겠네."

"그럼 동굴 안을 식힐게."

물 속성 마법과 바람 속성 마법으로 동굴 안을 식혔다.

"이걸로 동굴 안은 괜찮을 거야. 뒷일을 부탁할게."

웃는 얼굴로 루리나를 보냈다.

"으음…… 확인하겠는데, 동굴 안은 안전한 거지?"

"괜찮아. 다만 꽤 많은 수의 고블린이 죽어 있어서 해체하기 힘들겠지만……."

"유나, 도와주거나 하지는……."

"안 해."

몸을 갈라서 마석을 빼는 것 따위 할 수 있을 리가 없기에 거절했다.

"동굴 안은 어두우니까 이걸 줄게."

라이트 마법을 사용하여 곰의 모습을 한 빛을 만들었다.

"루리나에게 줄 테니까 갖고 가도 돼."

"고마워……? 어째서 곰 모습인지 의문이지만 고맙게 잘 쓸게."

루리나는 혼자서 동굴 안으로 들어갔다.

고블린 한 마리당 몸에 있는 마석을 빼내는 작업이 빨라도 일분이라고 치면, 동굴에는 여든 마리 정도 있었으니까 80분이다.

동굴 안을 걷는 걸 생각해도 두 시간 이상은 걸리겠네.

땅 속성 마법으로 흙으로 된 작은 집을 만들었다.

작은 창문도 만들고 환기도 잘 되게 했다.

마물을 생각해서 입구는 막아 두었다.

창은 작아서 마물이 들어올 일은 없었다.

마지막으로 흙으로 된 침대를 만들어 누웠다.

딱딱하지만 못 잘 건 없었다.

다음에는 이불도 사 둬야지.

정신적으로 지쳤기 때문에 금세 잠들었다.

14 곰 씨, 보고하다

“유나! 유나! 일어나.”

“루리나, 시끄러워.”

졸린 눈을 비비며 몸을 일으켰다.

“이제야 일어났네.”

작은 창에서 루리나가 들여다보고 있었다.

몸을 늘리며 기지개를 켰다.

“내가 열심히 마석을 꺼내고 있는데 집 같은 걸 만들어서 자고 있다니, 치사해.”

“그렇지만 해체는 루리나의 일이잖아. 이제 끝났어?”

“끝났어. 끝나고 동굴에서 나왔더니 집이 있어서 놀랐잖아. 안을 보니 유나가 자고 있고……. 안에 들어가려고 해도 문이 없어서…….”

마법으로 틈을 만들어 밖으로 나왔다.

하늘을 보니 해가 저물고 있었다.

“고블린 숫자가 너무 많아서 힘들었어. 유나가 도와주질 않으니까…….”

불만을 말했지만 무시하고 화제를 돌렸다.

"동굴 안에 필요한 거 있어?"

"없는데."

"그럼 다른 마물이 정착했다간 성가시니까 구멍은 막아 둘게."

땅 속성 마법을 사용해서 입구를 막았다.

이것으로 마물이 정착할 일은 없을 것이다.

"그럼 돌아갈까?"

"나, 힘든데……."

"괜찮아. 내가 안고 돌아갈 테니까."

뭉그적거리면서 돌아갈 생각은 없었다.

"유나…… 설마……."

"산이라 길이 험하니까 말하지 마."

싱긋 미소를 지어보였다.

포기한 얼굴의 루리나를 안고 산을 내려갔다.

점프! 점프! 점프!

산을 내려갔다.

점프를 할 때마다 루리나가 소리를 질렀다.

귓가에 대고 소리를 지르니 시끄럽네.

루리나의 비명은 무시하고 계속 달렸다.

마을 입구 근처에 도착해 루리나를 내려준 뒤 문지기가 있는 쪽으로 갔다.

루리나의 발이 후들거리고 있었던 것은 기분 탓일 것이다.

문지기에게 인사를 하고 촌장의 집으로 향했다.

“음, 생각보다 빨리 돌아왔는데, 무리였습니까?”

촌장이 「역시나」라는 얼굴을 했다.

“아뇨, 고블린은 전부 쓰러뜨렸어요.”

“뭐라고요?”

루리나가 말하자 촌장의 얼굴이 놀란 표정으로 바뀌었다.

“고블린 토벌 의뢰는 마쳤어요. 이게 고블린 토벌 증거인 마석이고요.”

루리나가 아이템 주머니에서 가죽 주머니를 꺼냈다.

가죽 주머니의 끈을 풀어 촌장에게 내용물을 보였다.

아마 고블린의 마석이 들어 있을 것이다.

나는 절대 보지 않을 거지만 말이지.

피로 범벅이 된 마석 같은 건 보고 싶지 않았다.

보면 식사를 못 할 것이다.

물로 깨끗하게 씻으면 몰라도, 저 동굴에 물이 있었을 것 같진 않았다.

“오오, 그럼 고블린을 토벌해 줬군요. 그런데 좀 많지 않나요?”

“100마리 정도 있었으니까요.”

"100마리?!"

촌장이 놀랐다.

하긴, 예상보다 배 이상의 고블린이 마을 근처에 있었다니, 놀랄 테지.

"안심하세요. 모두 쓰러뜨렸으니까요. 고블린이 만들었던 소굴도 막아서 새롭게 미 물이 정착할 일은 없을 거예요."

"고, 고맙습니다."

촌장이 고개를 숙였다.

"그럼 오늘 묵을 여관를 준비하지요."

"네, 감사합니다." / "아뇨, 돌아갈 겁니다."

루리나의 말과 나의 말이 겹쳤다.

"유나, 이미 늦었어."

"해가 지기 전에는 돌아갈 수 있어."

우리는 서로를 쳐다봤다.

"설마, 또 공주님 안기?"

"두 번이나 세 번이나 마찬가지잖아."

"하지만 모처럼의 호의를……."

"귀찮은 건 빨리 끝내는 게 내 모토라서."

"……정말 돌아갈 거야?"

고개를 끄덕였다.

“알았어. 나도 고블린 킹 건을 보고해야 하니까 돌아가자.”

“고블린 킹?”

촌장이 루리나의 말에 반응했다.

“100마리의 고블린을 모은 게 고블린 킹이었어요.”

“그럼, 그 고블린 킹은…….”

“괜찮아요. 고블린 킹도 토벌했으니 안전해요.”

“고맙습니다.”

마을 사람들에게 감사 인사를 받고 마을을 빠져나왔다.

“살살 달려줘. 그리고 점프는 절대 금지야!”

산을 내려올 때 몇 번인가 점프한 게 루리나를 겁먹게 한 모양이군.

루리나가 스스로 먼저 나에게 안겨 왔다.

“분하지만, 그래도 이 곰에 안기는 촉감은 좋단 말이지.”

루리나는 나(곰)를 여기저기 어루만졌다.

그만했으면 좋겠는데…….

만지는 방법이 왠지 마음에 안 들었다.

뛰기 시작하면 여기저기 만지는 것도 할 수 없게 될 테니 공주님 안기를 해서 달리기 시작했다.

평지라서 산과 달리 뛰기 쉬웠다.

멀리서 마물의 반응이 있었지만 무시하고 달려서 빠져나왔다.

가끔씩 모험가들이나 마차와 스치기도 했지만 신경 쓰지 않았다.

무언가 소란을 피우고 있었지만 그 소리는 순식간에 들리지 않게 됐다.

마을 문이 보였다.

"창피하니까 슬슬 내려줘."

귓가에서 시끄럽게 굴었지만 무시하고 계속 달렸다.

"유, 유나? 부탁이니까……."

루리나가 껴안은 손에 힘이 들어갔지만 아프지는 않았다.

그대로 서쪽 문에 도착했다.

문지기가 놀라워했다.

루리나는 창피한 모양이었다.

나는 곰의 모습을 하고 있었다.

세 명 모두 아무 말이 없었다.

루리나를 내려주고 아무 말 없이 길드 카드를 내밀었다.

문지기는 아무 말 없이 확인을 했다.

나와 루리나는 아무 말 없이 마을 안으로 들어갔다.

"으음…… 길드까지 옮겨줄까?"

"그만 둬!"

부끄러워하는 루리나와 함께 보고를 하러 길드로 향했다.

길드 입구에는 일을 끝낸 모험가들이 꽤 많이 있었다.

안으로 못 들어가겠다고 생각하고 있을 무렵, 내 존재를 눈치챈 모험가들이 길을 열어주었다.

마치 모세의 기적 같이 길이 생겼다.

"괜찮은 건가?"

"괜찮지 않을까?"

길드 안으로 들어가니 접수대도 붐비고 있었다.

줄을 서려고 하는데 누군가가 뒤에서 말을 걸어왔다.

"루리나, 무슨 일이야?"

"란즈, 어째서 여기에 있는 거야?"

란즈와 길이 의자에 앉아 우릴 보고 있었다.

"어째서라니, 너희가 돌아올 테니까 대기하고 있었지. 근데 그 예상이 맞은 것 같네. 이렇게 빨리 돌아오다니, 고블린의 숫자에 겁먹고 꽁무니 빼고 온 거겠지."

실패했다고 생각하는지 란즈는 옅은 웃음을 지었다.

알고 있긴 한가? 내가 실패하면 자기들이 실패하는 게 된다는 걸.

"란즈, 유감이지만 의뢰라면 끝냈어."

"뭐?"

루리나의 말에 얼빠진 얼굴이 더욱 얼이 빠졌다.

"의뢰는 종료. 고블린 100마리와 고블린 킹까지 덤으로 말이지."

"뭐야, 무슨 소릴 하고 있는 거야? 고블린 100마리? 고블린 킹? 농담에도 정도가 있어."

"그게, 농담이 아니야."

란즈의 큰 목소리 탓에 길드 안에 있던 모험가들이 다 같이 우릴 쳐다보았다.

"고블린 100마리?"

"고블린 킹?"

"거짓말이지?"

"고블린 킹을 쓰러뜨렸을 리가 없어."

"고블린 100마리?! 둘이서는 무리야."

"하지만 저 곰이잖아."

"저 곰이지."

"저 곰이라면 가능하려나?"

"곰이니까."

모험가들이 우리의 말을 듣고 제각각 입을 열었다.

그건 그렇고 「곰이니까」는 또 뭐야.

"루리나 씨, 고블린 킹이라니 정말이에요?"

헬렌이 다가왔다.

"잠시 이야기를 듣고 싶은데 이쪽으로 와주실 수 있나요?"

사람이 서 있지 않은 접수대로 안내를 받았다.

"그럼 물을게요. 루리나 씨가 받은 의뢰는 토즈 마을 부근에 나타난 고블린 무리 토벌이었어요. 그 수는 50마리 정도였고요."

"네. 하지만 가보니까 고블린은 100마리였어요."

그렇게 보고를 하자 뒤에서 귀를 기울이고 있던 모험가들이 웅성거리기 시작했다.

"실례지만 토벌 증명인 마석을 가지고 계신가요?"

루리나는 아이템 주머니에서 고블린 토벌의 증거인 마석이 들어있는 주머니를 꺼냈다.

"확인할게요."

헬렌이 토벌 증거인 마석을 받더니 카운터 내에 있는 장치를 조작했다.

"네, 틀림없이 오늘 토벌된 마석이네요. 게다가 『고블린 킹』이라고 들렸는데 진짜인가요?"

"네, 고블린들의 우두머리는 고블린 킹이었어요."

"정말인가요? 그럼 랭크 C 파티에 긴급 의뢰를 해야겠네요."

"괜찮아요. 유나가 쓰러뜨렸거든요."

"……고블린 킹을 혼자서 쓰러뜨렸어……."

"곰이 고블린 킹을 쓰러뜨렸다."

"곰이……."

"곰이……."

메아리처럼 퍼져 갔다.

"그게 사실인가요? 마석이 있으면 주시겠어요?"

"고블린 킹의 사체 갖고 왔는데요."

"아, 유나 씨의 곰 아이템 주머니 말이군요. 으음, 크지 않을까요? 죄송한데 옆방에 부탁할게요."

헬렌과 우리 뒤로 모험가들이 굴비 엮듯이 우르르 몰려왔다.

"이쪽에 꺼내 주시겠어요?"

흰 곰의 입에서 고블린 킹을 꺼냈다.

주위에서 한숨과 비명 소리, 감탄의 소리 등 여러 소리가 흘러나왔다.

"이건 틀림없이 고블린 킹이네요."

고블린 킹은 그 위엄만으로 사람들을 저주하며 죽일 것 같은 얼굴을 하고 있었다.

그 고블린 킹의 얼굴을 본 모험가들은 공포를 느꼈다.

그리고 그 고블린 킹을 쓰러뜨린 유나에게 경악했다.

고블린 킹의 육체에는 장렬한 싸움을 보여주는 상처가 여러 군데 보였다.

"고맙습니다. 고블린 킹은 여기에서 사도 될까요?"

"고블린 킹의 소재가 쓰이나요?"

"쓰여요. 고블린 킹의 가죽은 고블린과 달리 강도와 내구성이 있어서 방어구로 쓰일 수 있습니다. 뼈도 무기, 마법의 도구 등으로 쓰이지요. 마석도 강력해서 여러 용도로 사용할 수 있답니다."

"나는 괜찮은데, 루리나는?"

"나도 괜찮아."

"그럼 죄송하지만 접수대로 와주시겠어요?"

다시 접수대로 돌아갔다.

모험가들도 엮인 굴비처럼 같이 따라 붙어 왔다.

"이 의뢰는 루리나 씨의 파티가 받은 것으로 되어 있습니다. 하지만 유나 씨가 도와주셨는데 어떻게 할까요?"

"저희 파티와 유나의 공동 의뢰로 해주세요."

"루리나?"

"쓰러뜨린 건 유나예요. 그걸 저희 공으로 할 수는 없어요. 제가 한 일은 마석을 떼어낸 것과 교섭 정도인걸요."

"알겠습니다. 그럼 그렇게 처리하겠습니다. 그럼 루리나 씨를 포함한 파티 멤버 모두 길드 카드를 제출해주세요."

"나는 됐어."

"란즈?"

"나는 아무것도 하지 않았잖아. 사실은 저 여자가 도망쳐 올 거라고 생각하고 방관하고 있었을 뿐이야. 혼자서 고블린 무리를 토벌할 수 있을 리가 없다고 웃기만 했다고."

"나도 됐어. 아무것도 하지 않았으니까."

"길?"

"알겠습니다. 그럼 이 의뢰는 루리나 씨와 유나 씨, 두 분이 달성한 것으로 처리하겠습니다. 그래도 되겠습니까?"

"네, 잘 부탁드릴게요."

"그럼 여기 의뢰비와 고블린의 마석을 산 금액입니다. 그리고 별도로 고블린 킹 토벌의 보상금과 매입한 금액입니다."

두 주머니를 건네주었다.

루리나는 고블린 킹의 보상금을 나에게 주머니째로 건넸다.

"이건 내가 받을 수 없어. 그리고 이건 절반이야."

그리고 의뢰비를 반으로 나눠 건네주었다.

"괜찮아?"

"둘이서 한 일이잖아. 게다가 나는 마석을 떼어 내기만 했는걸. 하지만 다 줄 수 없으니까 반으로 나눴어."

순순히 받아 들어 곰 박스에 넣었다.

"그리고 이번엔 미안했어. 데보라네는 물론이고 란즈에게도 말해 둘게."

뒤에서 란즈가 겸연쩍은 얼굴을 하고 있었다.

"아니야, 나도 즐거웠고 고블린 킹을 상대로 마법 연습도 할 수 있어서 손해는 아니었어."

고블린 킹을 상대로 마법 효과를 확인할 수 있었던 것은 정말로 유익했다. 고블린 킹을 쓰러뜨릴 정도라면, 다른 마물도 충분히 해치울 수 있다는 뜻이었다.

길드를 나온 후 루리나에게 식사 초대를 받아, 그녀가 추천하는 가게에서 란즈, 길을 포함해서 네 명이서 식사를 하기로 했다.

란즈가 다시 고개를 숙이며 사과했다.

길도 고블린 토벌에 동행하지 않은 것에 사과를 해 왔다.

사과를 받아들이기로 하고 저녁 식사를 했다.

"얻어먹어도 정말 괜찮아?"

"괜찮아. 고블린 킹 보상금도 있고, 데보라네의 치료비라고 생각해주면 돼."

"그렇군, 그럼 사양 않고 먹을게."

"고마워."

네 명이서 나름대로 즐거운 식사를 하고 여관로 돌아왔다.

엘레나에게 저녁은 필요 없다고 말하고 방으로 돌아온 뒤, 목욕도 하지도 않고 침대에 누웠다.

15 곰 씨의 비 오는 날의 휴일 (전편)

오늘은 아침부터 비가 내리고 있었기 때문에 자주적으로 방에 틀어박혀서, 킬링 타임으로 마물의 책을 읽고 있었다.

책에 적혀 있는 건 게임이나 소설, 만화에 나오는 마물이 대부분이었다.

세계를 돌며 찾아보는 것도 좋을 것 같다.

한동안 책을 읽다가 뱃속이 점심시간을 알리자 아래층으로 내려가 점심식사를 하기로 했다.

비가 오는데도 식당에는 손님으로 가득했다.

엘레나에게 묻자—.

"아, 비 때문에 밖의 포장마차가 하나도 안 연 모양이네요. 비를 피할 수 있는 가게로 손님들이 집중되죠."

과연, 비가 내리는 데 포장마차를 열 수는 없었다.

손님도 빗속에서 사먹고 싶지는 않을 것이고, 먹을 수 있는 장소도 생각해 둬야 했다.

그렇게 생각하면 비를 피할 수 있는 가게를 선택하는 건 당연한 일인가.

식당을 둘러보며 앉을 수 있는 자리를 찾았지만 어디에도 없었다.

합석은 별로 하고 싶지 않아서 다시 올라가려고 하는데—.

"유나 씨, 자리가 없어서 그러는데, 죄송하지만 방으로 가져다 드려도 될까요?"

"네, 괜찮아요."

"고맙습니다. 원래는 여기 머무시는 유나 씨를 우선시하고 싶은데……."

"괜찮아요. 그럼 오늘의 추천 메뉴로 부탁해요."

"알겠습니다. 바로 방으로 가지고 갈 테니 기다려 주세요."

방으로 돌아와 5분이 지나자 엘레나가 문을 두드렸다.

의외로 빨랐다.

"유나 씨, 열어주시겠어요?"

문을 열자 엘레나가 따끈따끈한 요리를 들고 있었다.

숙박비에 점심값은 포함되어 있지 않아서, 요리를 받아 테이블에 놓은 뒤 엘레나에게 돈을 냈다.

"감사합니다."

"엘레나 씨도 열심히 해요."

"네, 지금이 한창 바쁠 때예요."

엘레나는 활기차게 대답을 하고 돌아갔다.

테이블 위에 놓인 요리를 감사히 먹었다.

고기가 들어간 채소볶음과 따뜻한 스프와 갓 구워진 빵.

따뜻한 요리에 감사했다.

빵을 베어 물었지만 슬슬 쌀이 그리웠다.

빵은 빵대로 맛있지만, 일본인인 나로선 쌀이 먹고 싶었다.

라면 같은 것도 먹고 싶었지만 이 세계에 있을까?

다음번에 엘레나에게 물어볼까.

식사를 마치고 오후의 예정을 생각했다.

스테이터스 창을 띄워 보았다.

이름: 유나

나이: 15세

레벨: 18

스킬: 이세계 언어, 이세계 문자, 곰의 이차원 박스, 곰 관찰경, 곰 탐지, 곰 지도

마법: 곰 라이트, 곰 신체 강화, 곰 불 속성 마법, 곰 물 속성 마법, 곰 바람 속성 마법, 곰 땅 속성 마법

장비

오른손: 검은 곰 장갑(양도 불가)

왼손: 흰 곰 장갑(양도 불가)

오른발: 검은 곰 신발(양도 불가)

왼발: 흰 곰 신발(양도 불가)

옷: 흑백 곰 옷(양도 불가)

속옷: 곰 속옷(양도 불가)

오늘 아침에 확인했더니 스킬이 늘어 있었다.

곰 지도라니, 곰만 붙이면 다냐고 태클을 걸고 싶어졌다.

곰 지도

곰의 눈이 본 장소를 지도로 만들 수 있다.

곰 지도를 꺼내자 내가 있는 장소를 중심으로 마을 주변과 동쪽 숲, 서쪽 문을 지나 고블린이 나타났던 마을 주변의 지도가 표시되어 있었다.

애벌레가 기어 돌아다닌 것처럼 표시되어 있었다.

그 이외의 장소는 새까맣고 아무것도 표시되어 있지 않았다.

무슨 게임 같았다.

편리하지만 가본 적이 있는 장소만 표시된다니, 안타까웠다.

뭐, 갑자기 세계 지도가 표시되어도 그건 그거대로 재미없을 것 같으니까, 이거는 이거대로 좋을지도 몰랐다.

그때 고블린 킹 동굴까지의 지도를 보고 떠올린 것이 있었다.

곰 박스에서 검 한 자루를 꺼냈다.

고블린 킹이 갖고 있던 검이었다.

고블린 킹이 갖고 있었을 때처럼 꺼림칙함은 없었다.

평범하게 은색으로 빛나는 예쁜 검이었다.

곰 관찰경을 사용해 보았다.

고블린 킹의 검

스킬: 근력 증가, 마법 부여

근력 증가: 사용자의 근력을 높인다.

마법 부여: 검에 마법을 부여할 수 있다.

아마 그 꺼림칙함은 고블린의 힘을 구현화 했던 모양이다.

내가 마력을 흘려보내자 예쁜 은색으로 빛났다.

만약 검은 색으로 빛났으면 기운이 빠졌을 텐데 그렇지 않아서 다행이었다.

앞으로 쓸 일이 있을 것 같아 날씨가 개면 써보자고 생각했다.

하지만 오늘은 비가 그칠 것 같지 않았다.

오늘 예정을 생각했지만 할 일이 정말 아무것도 없었다.

은둔형 외톨이의 경험은 길지만 그건 인터넷과 TV와 소설, 만화 등이 있어야 이루어지는 직업이었다.

오락이 아무것도 없으니 의외로 여유로웠다.

할 만한 건 자는 것 정도밖에 없었다.

하지만 낮에 자면 밤에 잠이 오질 않는다.

현실 세계의 일본이라면 밤에 자지 않아도 인터넷이든 만화든 소설이든 게임이든 할 게 있겠지만, 이 세계에는 밤에 놀 수 있는 것이 아무것도 없었다.

그래서 지금 할 수 있는 것을 생각해 보았다.

고블린 킹의 검을 들었을 때 팔뚝 살이 처진 게 조금 신경 쓰여서 근육 트레이닝을 해보기로 했다.

팔뚝이 포동포동했다.

곰 덕분에 팔 굽혀 펴기를 몇 번, 몇십 번, 몇백 번을 해도 지치지 않았다.

그럼 처진 팔뚝 살도 안 없어지는 거 아니야? 라고 생각하고 곰 장비를 벗어 속옷 차림을 했다.

정확하게는 위에는 셔츠를 입고 있었다.

아래는 곰 팬티뿐이었지만 말이다.

저번에 산 팬티는 촉감이 좋지 않았기 때문에 입지 않았다.

다음에 고급 상점으로 가볼까.

그런 생각을 하면서 팔 굽혀 펴기를 해봤다.

네, 10번도 못 했습니다.

일본에 있었을 때와 전혀 변함이 없었습니다.

탱탱한 팔뚝은 포기하기로 하고 순순히 곰 옷을 입기로 했다.

적응이란 무서운 것이었다. 점점 이 곰 차림에 익숙해져 가고 있는 내가 있었다.

16 곰 씨의 비 오는 날의 휴일 (후편)

근육 트레이닝을 포기하고, 점심시간도 지난 모양이니 아래층으로 킬링 타임을 할 거리를 찾으러 가기로 했다.

1층은 식당과 여관의 접수대로 되어 있었다.

점심에는 조금 전처럼 복잡해진다.

하지만 지금 시간대에는 식사를 하고 있는 사람은 아무도 없었다.

카운터에는 엘레나가 지친 얼굴로 앉아 있었다.

"아아, 유나 씨, 아까는 죄송했어요."

"괜찮아요."

"그런데 무슨 일이죠?"

"잠깐 시간 좀 때우려고요."

카운터 자리에 앉았다.

"시간을 때운다고 해도 아무것도 없는걸요."

"일단 마실 것 좀 줄 수 있어요?"

"네, 알겠어요."

안으로 들어가 마실 것을 가지고 와줬다.

"자, 여기요. 밀라 주스예요."

자신의 몫도 있는지 내 앞에 앉아서 주스를 마셨다.

"이제 괜찮아요?"

"휴식중이에요. 아까까지 바빴거든요. 그래서 쉬고 있는 거예요. 그리고 여기에서 가게도 보고 있는 거라 농땡이 치고 있는 건 아니에요."

일단 고맙다고 말하고 주스를 마셨다.

조금 새콤달콤한 주스였다.

아쉬운 점은 미적지근한 것 정도였다.

응?

미적지근한 거라면 차갑게 하면 되는 거잖아.

컵에 검은 곰 손을 댔다.

마력을 통해서 얼음을 상상했다.

퐁당, 하는 소리와 함께 컵 안에 얼음이 떠올랐다.

"잠깐, 뭐예요? 그거?"

"주스 안에 얼음을 넣은 것뿐이에요. 차갑게 하면 맛있을 것 같아서."

그렇게 말하고 주스를 마셨다.

맛이 몇 단계 업(UP) 되었다.

"저, 저도 주실 수 있을까요?"

내가 맛있게 마시고 있자 엘레나가 컵을 내밀었다.

딱히 거절할 일은 아니었기에 엘레나의 컵 안에도 얼음을 떨어뜨려 주었다.

"고맙습니다."

엘레나는 얼음을 능숙하게 컵 안에서 굴리다가 차가워졌을 무렵에 마셨다.

"마, 맛있네요. 차갑게 한 것만으로 이렇게 맛있어지다니. 더운 날에는 좋겠네요. 하지만 냉장고에 주스를 차갑게 할 공간은 없는데……."

이 세계에도 냉장고는 존재했다.

빙계(氷系) 마석을 사용하여 만들어진 것이었다.

이 마을에서 빙계 마석은 손에 넣기 어렵고 가치가 높았다.

몬스터 도감에 따르면 북쪽에 사는 마물이 마석을 가지고 있다고 한다.

뭐, 간단하게 말하자면 빙계 마물이 가지고 있어서 이 부근에서는 손에 넣지 못하는 것이었다.

단, 그것은 냉동실이 딸린 냉장고를 만드는 경우였다.

냉동실이 없는 냉장고라면 울프 등의 무속성 마석에 얼음 속성의 마법을 부여시키는 것으로 실현할 수 있었다.

그렇기 때문에 냉동실이 딸린 냉장고는 고급품이었다.

냉동실이 없는 냉장고라면 일반 서민이라도 가지고 있는 사람은 많았다.

"냉장고가 조금 더 컸으면……."

엘레나는 그렇게 중얼거리며 얼음이 들어간 주스를 홀짝홀짝 마셨다.

"엘레나는 마법 못 써요?"

"쓸 수 있을 리가 없잖아요. 만약 쓸 수 있다면 여관집 딸 같은 걸 하고 있지 않겠죠. 마법을 사용할 수 있는 유나 씨가 부러워요."

부럽다고 말해도 나도 곰이 없으면 마법을 쓰지 못한다.

기본적으로 이 세계의 주민은 마력을 지니고 있다(엘레나 왈).

처음에 욕조를 사용할 때 말해주었다.

욕조에서는 물의 마석과 불의 마석을 쓸 수 있었다.

마석에 마력을 전하면 찬물과 따뜻한 물이 나오도록 되어 있었다.

욕조를 사용할 땐 맨몸이었기 때문에 순간 못 쓰는 거 아닌가 싶었지만, 평범하게 쓸 수 있어서 안도했다.

곰 사용 설명문에도 곰에게 「마력을 보낸다」라는 문장이 쓰여 있는 것으로 보아 나에게도 마력이 있다는 것을 알 수 있었다.

하지만 나는 곰 씨가 없으면 마법을 쓸 수 없다.

엘레나도 마력은 있지만 마법을 쓸 수 없다고 했다.

아직까지도 이 세계의 마력과 마법의 인과 관계가 잘 이해가 되지 않았다.

아마 엘레나는 맨몸인 상태의 나와 같을지도 몰랐다.

그 부분을 조사해보면 곰 없이도 마법을 쓸 수 있을 가능성이 있을지도 모른다.

하지만 곰이 있으면 상상만으로 마법을 쓸 수 있어서 편하니 지금은 생각하지 않을 것이지만 말이다.

결국 저녁까지 엘레나와 같이 수다를 떨며 시간을 보내버렸다.

나로서는 시간을 때울 수 있어서 좋았지만 엘레나는 농땡이 친다고 어머니에게 호되게 꾸중을 들었다.

17 곰 씨, 혼나며 랭크 D가 되다

고블린 킹을 토벌한 뒤 길드에서 의뢰를 받으면서 여러 실험을 실시했다.

마법 응용, 마법을 상상하는 방법, 곰 마법의 위력 확인.

고블린 킹의 검의 사용법, 마력을 보내는 방법.

투척용 나이프의 사용법.

곰 공격력, 곰 방어력 확인.

곰 박스에 담을 수 있는 양, 크기 등의 확인.

여러 가지로 검증을 하며 며칠을 보냈다.

오늘도 실험에 동참해준 울프를 곰 박스에 넣어 길드에 보고하러 갔다.

"유나 님, 오늘도 울프뿐인가요?"

어쩐지 「뿐」이라는 말에 압력이 느껴졌다.

"그런데요."

"정말인가요?"

"……왜 그런 걸 묻는 거죠?"

"최근, 토벌 의뢰를 받은 모험가가 의뢰를 달성하지 못하고 돌아옵니다."

"……."

"그 어디에도, 토벌 장소를 가도 마물이 없다고 하네요."

"……."

"모험가가 고블린 무리를 토벌하러 가면 고블린은 어디에도 없대요."

"……."

"마을에서 오크 토벌을 의뢰하면 어느새 오크가 없어져 있대요."

"……."

"코볼트를 토벌하러 가도 코볼트가 없대요."

"……."

"뿔토끼를 토벌하러 가면 없대요."

"……."

"이런 일이 한두 번이 아닌데, 뭐 아시는 거 없나요?"

헬렌이 의심의 눈초리로 나를 바라봤다.

그 질문의 대답은 YES였다.

전부 최근에 토벌한 마물의 이름뿐이었다.

쓰러뜨린 마물은 곰 박스에 담겨 있다.

"그렇구나. 의뢰를 받은 모험가들이 불쌍하네."

시치미를 떼자 헬렌이 큰 한숨을 내쉬었다.

"어디에서든 토벌 장소에서 귀여운 검은 곰의 모습을 한 여자아이가 몇 번이고 목격되고 있는데……. 아시는 거 없나요?"

헬렌이 조용히 내 눈을 응시했다.

눈을 피하고 싶어지는 것을 참았다.

"설마 내 옷차림이 유행하고 있는 건가?"

"그럴 리가 없잖아요! 그런 차림을 하고 있는 건, 유나 님! 당신밖에 없다고요!"

"알고 있으면 처음부터 말하면 좋잖아요."

"길드 마스터가 당신이 오면 불러달라고 하셨어요."

"왜요? 딱히 의뢰를 빼앗은 것도 아니잖아요. 우연히 그쪽으로 나갔더니, 우연히 마물이 있어서 쓰러뜨린 것뿐이라고요."

"네, 그건 아무런 문제가 없어요. 더구나 유나 님의 경우 의뢰비는 받을 수 없으니까 말이죠."

"그럼 뭐예요?"

"하지만 길드에 등록되어 있는 이상, 의무적으로 토벌한 마물은 보고해주세요. 그럴 경우 의뢰를 받았던 모험가는 실패 취급으로 처리되지 않으니까요."

"알았어요. 다음부터 보고할게요."

"하지만 오늘은 길드 마스터를 만나셔야겠어요."

"엑……."

"엑……이 아니에요. 안내해드릴 테니 따라와 주세요."
헬렌을 따라 억지로 길드 마스터의 방으로 들어갔다.

"길드 마스터, 유나 님을 데려왔습니다."
문을 노크한 뒤 안에 있는 길드 마스터를 불렀다.
"들어와."
헬렌은 문을 열고 안으로 들어갔다.
방 안에는 책상 앞에 앉아 일을 하고 있는 길드 마스터가 있었다.
"왔나. 헬렌은 일하러 돌아가도 좋아. 유나는 여기에 앉아."
방 중앙에 있는 테이블을 가리켰다.
테이블 앞에는 여섯 개 정도의 의자가 놓여 있었다.
그중 아무 의자에 적당히 앉았다.
"그래서, 네 녀석이 하고 싶은 게 뭐지?"
"하고 싶은 거라뇨?"
"다른 사람의 의뢰 마물을 토벌했다 싶더니 길드엔 아무런 보고도 하지 않았지. 의뢰비를 받으려고도 하지 않았어. 마물의 소재를 팔지도 않았고. 진짜 넌 뭘 하고 싶은 거지?"
시간 때우기, 마법 연습, 검 연습, 마물 확인, 맵 작성 등 여러 가지가 있었다.
"이 마을에 온 지 얼마 안 돼서 주변을 알아봤어요. 알아보고 있는데 우연히 마물이 있어서 퇴치를 한 것뿐이에요."

"그럼 길드에 보고는?"

"며칠 전에 막 들어와서 몰랐어요."

실제로 받은 의뢰 이외의 마물을 토벌한 걸 보고하는 게 의무인 줄은 몰랐다.

그것을 알려주지 않은 헬렌의 잘못이다.

하지만 모험가에겐 상식이었던 것 같은데, 이세계에서 온 내가 그런 걸 알 리가 없었다.

"소재를 팔지 않은 이유는?"

"돈이 궁하지 않아서요."

"하지만 아이템 주머니에 들어가 있으면 썩어서 너도 곤란할 텐데."

그러고 보니 일반적인 아이템 주머니는 평범하게 시간이 흐른다. 그렇게 되면 필연적으로 내용물이 상하고 썩었을 것이다.

"으음……. 비밀로 해줄 수 있나요?"

"뭐지? 나는 다른 사람의 비밀을 떠벌리고 다니는 남자가 아니야."

"내 아이템 주머니는 시간을 멈출 수 있어서 썩지 않아서 괜찮아요."

"……정말이냐?"

믿음을 주기 위해 그 자리에서 3일 전에 잡은 울프를 꺼냈다.

"3일 전에 쓰러뜨린 울프예요."

테이블 위에 울프의 사체를 올렸다.

길드 마스터는 울프를 보고 확인했다.

“바로 몇 분 전에 토벌한 것 같은데…….”

신선도가 달라서 길드 마스터는 바로 판단을 내렸다.

피를 빼지 않아서 테이블 위에 피가 흘러버렸기 때문에, 확인이 끝나고 울프는 곰 박스에 도로 집어넣었다.

“그러니까 썩지 않아서 괜찮아요.”

“이야기는 알겠다. 하지만 앞으로는 토벌 보고의 의무는 지켜다오. 그렇지 않으면 다른 모험가들이 곤란해져.”

“네, 알겠어요. 이제 가도 되죠?”

“한 가지 더. 오크를 토벌했나?”

“했어요.”

거짓말을 해 봤자 소용이 없었기 때문에 솔직하게 대답했다.

“하아, 오늘부터 너를 랭크 D로 올려주도록 하지.”

“그렇게 간단히 랭크를 올려도 돼요? 저, 랭크 D 의뢰는 받지 않았는데요. 분명 적어도 10번은 받아야 하잖아요.”

“오크와 고블린 킹을 단독으로 쓰러뜨릴 수 있다면 문제가 없지. 게다가 그 아이템 박스 안에 오크도 10마리 정도 들어 있을 거잖아.”

확실히 10마리 정도 들어 있었다.

"그리고 미안하지만 오크 소재를 길드에 팔아주게. 가끔 길드에서 상점으로 보내지 않으면 길드의 체면이 떨어지거든."

"알았어요."

"어이! 누구 없나!"

길드 마스터가 밖을 향해서 외쳤다.

"네, 무슨 일이시죠?"

길드 직원 여성 한 명이 바로 들어왔다.

"미안하지만 헬렌에게 말해서 이 녀석 랭크를 D로 올려주게."

"알겠습니다."

"그럼 이제 가도 좋다."

길드 직원인 여성에게 안내를 받아 접수대에 있는 헬렌이 있는 곳으로 갔다.

여성은 길드 마스터의 말을 헬렌에게 전하고는 자신이 일하는 자리로 돌아갔다.

"유나 님, 랭크 업을 축하드립니다."

"고마워요."

"하지만 정말로 남들에게 폐가 되니까 보고는 꼭 해주세요."

"미안해요."

정확히 말하자면 헬렌이 잘못한 거라고 생각하면서 순순히 사과했다.

"아셨으면 됐어요. 그럼 다시 랭크 업 처리를 할 테니 길드 카드를 주세요."

길드 카드를 수정판에 올려 조작했다.

이 기능만은 아직도 이해가 가지 않았다.

어떻게 나라에 있는 모든 데이터가 수정판에 연결되는 거지?

역시 내가 모르는 마법 기술 같은 게 있는 걸까?

"그리고 길드로부터의 부탁이 있는데 괜찮으신가요?"

"뭔데요?"

"당분간 이 근처의 울프 토벌은 삼가 주실 수 있을까요? 물론 토벌은 자유입니다만 초보 모험가들의 생활이 곤란해서요."

"일단 나도 초보인데요."

아직 모험가가 된 지 얼마 되지 않았다.

"유나 님을 초보라고 말하지는 않죠."

헬렌이 딱 잘라 말했다.

뭐, 게임 시절의 경험도 치면 초보가 아닌 것은 분명했다.

"초보가 고블린 무리, 고블린 킹, 오크 등을 쓰러뜨릴 순 없어요."

"알았어요. 당분간 안 잡으면 되죠?"

"네. 감사합니다. 길드 입장에서도 낮은 랭크의 모험가가 경험을 쌓아 랭크를 올려주길 바라거든요. 그 경험을 쌓는 데 울프, 고블린이 최적이라서요."

"고블린은 괜찮아요?"

"고블린은 늘어나니까 문제없어요. 오히려 토벌해주세요. 게다가 고블린은 소재를 팔 수 없어서 인기가 없는 의뢰예요."

나로서도 고블린 토벌은 하고 싶지 않았다.

팔 수 있는 소재가 마석밖에 없어서 고블린 사체를 통째로 길드에 가지고 오는 것도 불가능했다.

그래서 기본적으로 고블린을 쓰러뜨리면 불태우고 땅에 묻었다.

"그럼 처리가 끝났으니 카드를 돌려드릴게요."

길드 카드를 받았다.

랭크가 D가 되어 있었다.

"그럼 이제 가도 되죠?"

"네, 괜찮습니다. 하지만 소재를 팔고 나서 돌아가 주세요."

길드를 나와 소재를 팔기 위해 옆 건물로 향했다.

18 곰 씨, 물건을 팔다

길드를 나와 옆 건물의 소재를 파는 카운터로 향했다.

카운터는 세 군데가 있었고, 두 군데는 접객 중이었다. 자연스럽게 비어 있는 카운터로 향했다.

"오, 곰돌이 아가씨, 또 울프 팔러 왔어?"

겐츠 아저씨가 웃으면서 인사했다.

"다른 마물도 있어요."

"아, 그렇군. 길드는 상품이 된다면 뭐든지 사지."

일단 곰 박스에서 울프 10마리를 꺼냈다.

건물 안에 있던 모험가들이 조금 웅성거렸다.

혼자서 울프 10마리를 가지고 왔으니 말이다.

"오늘도 많이 잡았네."

겐츠 아저씨는 안에 있는 직원에게 말을 하고 울프를 옮기라고 지시했다.

안에서 두 명 정도 나와서 울프를 옮겼다.

카운터가 비자 다음으로 뿔토끼 10마리를 꺼냈다.

그러자 모험가들의 웅성거림이 더욱 커졌다.

참고로 뿔토끼는 1미터 정도 크기의 뿔이 있는 토끼다.

생긴 건 귀엽지만 점프력이 강해서 정면에서 점프 어택을 당하면 대미지가 상당했다.

방어구가 약하면 뿔이 박혀 죽는 경우도 있었다.

"뭐야. 뿔토끼까지 있는 거냐. 이것도 저것도 이제 막 토벌한 것들이잖아."

겐츠 아저씨는 한 번 더 안쪽에 말을 건네 뿔토끼를 옮기도록 지시를 내렸다.

"여전히 해체는 안 하는 구나."

"하는 법도 모르고 귀찮아요."

"뭐, 길드로서는 일이 늘어나니 좋긴 하지. 하지만 모험가라면 익히지 않으면 돈벌이가 줄 거야."

"조만간 배울게요."

일단 겉으로는 이렇게 대답을 했지만, 현 시점에서 배울 생각은 없었다.

이제 겨우 마물의 사체에 익숙해진 참이었다.

해체는 아직 나에게는 레벨이 너무 높았다.

겐츠 아저씨와 이야기를 하는 사이 카운터 위의 뿔토끼가 전부 옮겨졌다.

"그럼 오늘은 울프 10마리와 뿔토끼 10마리인가."

"아직이에요. 길드 마스터에게 부탁받은 게 있어요."

"길드 마스터에게?"

나는 오크 한 마리를 꺼냈다.

"이봐, 이봐, 오크까지 있는 거야? 잠깐 기다려 봐. 설마 오크까지 10마리 있다고는 하지 않겠지?"

오크의 크기는 작게는 2미터, 크면 3미터까지 됐다.

엄청까지는 아니더라도 혼자서는 옮길 수 없고, 카운터에 놓아도 방해가 됐다.

오크를 꺼내니 모험가들이 웅성거리기 시작했다.

"오크라니 거짓말이지?"

"하지만 틀림없는 오크잖아."

"혼자서 쓰러뜨린 건가?"

모험가들이 웅성거렸지만 무시하고 겐츠 아저씨의 물음에 대답했다.

"있는데요."

"잠깐만, 네 녀석 아이템 주머니는 어떻게 돼있는 거야? 이런 곳에 오크를 10마리 두어도 곤란해. 안에 있는 냉장고로 와줘."

겐츠 아저씨의 허가를 받아 카운터 안쪽 창고로 향했다.

그때 모험가들의 말소리가 들려왔다.

"10마리라니 거짓말이지?"

"어떻게 쓰러뜨린 거야?"

"곰이라서 그런 건가?"

"블러디 베어라면 가능하지."

"역시 블러디 베어야."

"뭐야? 그 블러디 베어라는 게."

"모르는 거야……?"

뭐야, 그 『블러디 베어』는?

모험가들의 대화를 더 듣고 싶었지만 겐츠 아저씨가 앞서가버려서 어쩔 수 없이 따라갔다.

더 이상 모험가들의 말소리는 들리지 않게 됐다.

창고로 들어가자 빙계 마석이 쓰이고 있어서 썰렁하니 추웠다.

"들어오면 문을 닫아줘. 창고 안의 온도가 올라가버리니까."

안에는 해체된 마물의 고기와 소재가 가득 쌓여 있었다.

조금 전에 내가 꺼낸 울프와 뿔토끼도 옮겨지고 있었다.

직원들이 열심히 일을 하고 있었다.

"춥지만 참아줘. 따뜻하게 하면 고기가 상하니까 말이야."

겐츠 아저씨는 가장 안쪽의 큰 테이블로 향했다.

그래도 오크 한 마리 올릴 정도의 공간밖에 없었다.

"미안하지만 이 위에 부탁할게. 남은 건 그 주변 바닥에 두면 돼."

들은 대로 곰 박스에서 오크를 꺼냈다.

"고마워. 아무래도 오크를 옮기는 건 힘들어서 말이지. 그런데 괜찮은 거야? 우리가 해체를 하면 판매가가 떨어지는데."

"해체할 수 없으니까 괜찮아요. 그리고 돈이 궁하지 않아서요."

"뭐, 확실히 이 정도 팔면 돈은 되려나. 그러고 보니 곰돌이 아가씨 랭크는 몇으로 됐어?"

"방금 전에 랭크 D가 됐어요."

"랭크 D라……. 오크를 쓰러뜨렸으니 그야 그렇겠군. 그럼 부탁 좀 들어줄 수 있겠어?"

"뭐죠?"

"곰돌이 아가씨, 마석 꺼내는 거, 해체 못 하잖아?"

"……."

"그러니 우리한테 오고 있는 젊은 사람 중 한 명에게 일감을 주지 않을래?"

"그럼 길드의 수입원이 줄잖아요."

"곰돌이 아가씨 한 명 정도 팔아 주지 않아도 끄떡없어. 모험가들이 몇백 명인데."

분명 그랬다.

내가 오기 전에도 길드는 제대로 운영되고 있었다. 그러니 나 한 명 정도 없어져도 문제는 없었다.

"근데 왜 하필 그 사람이에요?"

"그게, 아직 미성년자에다 길드 직원이 아니거든. 너도 알고 있는 여자아이야."

"설마 피나 말인가요?"

내가 아는 미성년자 여자아이는 한 명밖에 없었다.

"곰돌이 아가씨도 알지? 그 아이 가족 이야기 말이야."

고개를 끄덕였다.

아버지는 안 계시고 어머니는 병을 앓고 있으며 세 살 어린 여동생이 있었다.

"나도 그 녀석에게 일을 주고는 있는데, 기본적으로 길드 안에서 일이 돌아가지 않을 때뿐이야. 대부분 길드 직원들만으로 일이 돌아가게 되거든."

"즉, 제가 피나에게 일감을 주었으면 좋겠다는 거죠?"

"그래. 그 나이에 해체에 꽤 소질이 있어. 마석 꺼내는 것도 능숙하니까 상품에 상처를 입히는 일도 없을 거야."

"딱히 상관없는데……. 저, 이 마을을 언제 떠날지 몰라요."

아직 정하지 않았지만 수도에 가보고 싶기도 했다.

다른 나라에도 가보고 싶었다.

"그래도 상관없어. 곰돌이 아가씨가 이 마을에 있는 동안만이라도 좋아. 그 녀석에게 일감을 줬으면 좋겠어."

"그럼 얼마를 주면 되나요? 저는 해체 시세는 모르는데."

“길드에선 소재 가격의 20퍼센트를 차감하고 있으니, 해체한 소재 값의 10퍼센트면 될 거다.”

“10퍼센트면 돼요?”

“그것도 많은 편이야. 만약 많다고 생각하면 줄여도 좋고.”

“알았어요.”

“그럼 피나를 불러줄 테니 기다려.”

겐츠 아저씨는 기쁜 얼굴로 안쪽 방으로 향했다.

그리고 방으로 들어가나 싶더니 바로 피나를 데리고 나왔다.

“유나 언니!”

피나가 달려와서 나에게 안겼다.

응, 귀여워.

나는 피나의 머리를 쓰다듬어 주었다.

“피나, 잘 지냈어?”

“네. 근데 유나 언니가 제게 일감을 주신다는 게 정말이에요?”

“그래. 내가 갖고 온 마물의 해체를 부탁할게.”

“감사합니다.”

피나가 싱긋 미소를 지었다.

“피나. 그렇게 됐으니 당분간은 여기 안 와도 된다.”

“하지만…….”

“최근 일이 많아진 건 이 아가씨가 해체도 안 하고 가져와서 그런 거야. 이 아가씨가 피나에게 일감을 주면 길드에서 할 일은 줄겠지. 그래도 오늘은 제대로 일하게 해줄 테니 걱정 마라. 오늘도 이 곰돌이 아가씨가 울프, 뿔토끼, 오크를 각각 10마리씩 가지고 왔어."

"그렇게나 많이요?!"

"그럼 나는 내일부터 어떻게 하면 되죠?"

"제가 유나 언니가 묵는 여관으로 가도 되나요?"

"괜찮아."

"그럼 7시 정도에 갈게요."

이르다고 생각했지만 이 세계의 주민은 해가 뜨면 일을 시작한다.

그 대신 해가 저물면 일은 종료된다.

마석으로 빛을 비출 수 있지만 그렇게까지 하며 일을 하는 사람은 없었다.

피나와 내일 만나기로 약속하고 창고에서 나왔다.

밖은 창고 안과 달리 따뜻했다.

겐츠 아저씨에게 오늘 마물을 판 금액을 받고 여관로 돌아갔다.

19 곰 씨의 두 번째 이름은 블러디 베어

오늘도 여관에서 맛있게 아침 식사를 하는 중이다.

식사를 만들지 않아도 되는 생활이란 참 좋다.

그런 은둔형 외톨이의 꿈을 맛보고 있는데 활기차게 피나가 들어왔다.

"유나 언니, 좋은 아침이에요."

"좋은 아침."

인사를 하고 따뜻한 스프를 마셨다.

따뜻해서 맛있었다.

"잠깐만 기다려줘. 곧 다 먹으니까."

"네, 알았어요."

"엘레나, 피나에게 마실 거 좀 갖다 줘요."

가게 안을 돌아다니던 엘레나가 대답을 하고 주방으로 향했다.

"유나 언니?"

"괜찮으니까 앉아. 오늘 일 이야기도 있으니까."

내 말에 피나가 순순히 눈앞의 의자에 앉았다.

곧바로 엘레나가 마실 것을 가지고 왔다.

"그럼 피나, 여러 가지로 모르는 게 있으니까 알려줄래?"

"네."

"해체에 필요한 게 있어? 나이프 정도밖에 모르는데."

"기본적으로는 나이프만 있으면 돼요. 날이 좋으면 좋을수록 깔끔하게 해체할 수 있죠. 날이 좋지 않으면 울프 등의 모피를 깔끔하게 떼어낼 수 없거든요. 상급 마물이면 평범한 철 나이프로는 해체할 수 없는 경우도 있어요."

"피나의 나이프는?"

"철 나이프지만 골드 씨가 만들어 준 나이프라서 좋은 거예요."

"그 외에 필요한 건 없어?"

"그다음은 해체할 장소요. 근처에 물이 있으면 좋겠어요."

"그게 다야?"

"그 밖에 세세한 것이 여러 가지 있는데, 숫돌이라던가 해체한 소재를 보관할 장소라던가……. 시간이 지나면 고기 같은 게 상하니까요."

"일단 숫돌, 해체할 장소, 보관할 장소가 필요하다는 거네."

그럼 괜찮겠군. 저번에 만든 물건을 쓸 수 있을 것이다.

"그리고 피나에게 한 가지 묻고 싶은 게 있는데……. 내가 의뢰 일을 하고 있을 땐 어떡할 거야? 같이 갈래? 아니면 기다리고 있을래?"

"같이 가고 싶지만 방해가 될 거예요."

“같이 가고 싶은 이유는?”

“유나 언니를 따라가면 어머니께 드릴 약초를 캐올 수 있을지도 모르잖아요.”

“그럼 같이 갈래?”

“괜찮아요?”

“피나 한 명 정도는 지킬 수 있으니까 괜찮아. 그리고 피나는 외박은 괜찮아?”

“으음, 미리 어머니에게 말씀드리면 괜찮아요. 길어지면 걱정하실지도 모르지만…….”

“그럼 오늘은 당일치기로 하자. 다음부터 어머니에게 1박 2일이 될 수도 있다고 전해드릴래? 아니면 내가 한번 인사하는 편이 좋을까?”

“괜찮아요. 제대로 전할게요.”

아침 식사를 마치고 산책 겸 천천히 길드로 향했다.

도중에 도구 상점에서 숫돌들을 보충해두었다.

길드 안으로 들어서자 헬렌이 바쁜지 접수대에서 모험가들의 대응에 쫓기고 있었다.

나는 나대로 느긋하게 랭크 D 의뢰 보드로 향했다.

그 뒤에 피나가 따라왔다.

랭크 D 보드 앞에는 사람이 별로 없었다.

랭크 E 보드 앞이 사람이 가장 많았다.

몇 명인가 나를 보았지만 말을 걸어오는 사람은 없었다.

뭐, 바쁜 아침이기도 하고, 모두들 서로 일을 받으려고 하느라 나에게 신경 쓸 겨를 따위 없겠지.

보드 앞까지 와서 의뢰를 보았지만 재밌는 의뢰가 없었다.

·상인을 수도까지 호위.

·오크 토벌, 고기도 포함.

·오니자루 토벌, 작물을 망치고 있어서 곤란에 처함.

·검, 마법 선생, 랭크 D 이상 구함.

·메루메루 풀 입수.

·호엘 산의 마물에 이상이 발생한 원인을 조사해 줄 것.

·호엘 산에서 철광석을 옮겨줄 것.

…………….

"재밌어 보이는 의뢰가 없네."

"유나 언니, 그런 이유로 의뢰를 골라요?"

"응. 이왕 할 거면 재밌는 편이 좋잖아."

다음으로 랭크 C 보드로 향했다.

모험가들이 네 명밖에 없었다.

하지만 모두 같은 파티의 동료인 것 같았다.
그들은 이야기를 나누며 일을 고르고 있었다.
방해가 되지 않도록 구석에서 보드를 바라보았다.

·와이번 소재
·오크 무리 토벌
·서모그 성 방어
·자몬 도적단 섬멸
·오우거 소재
…………

재밌어 보이는 게 있었지만 마물이 있는 장소를 알 수 없어서 입수가 귀찮은 것뿐이었다.
마물이 있는 장소를 알면 와이번 같은 게 좋을 텐데.
"어이, 이상한 모습을 한 아가씨. 이 보드는 랭크 C야."
네 명 그룹에서 스무 살이 넘어 보이는 한 남성이 말을 걸어왔다.
"알고 있어요. 랭크 C에는 어떤 의뢰가 있는지 보고 있는 것뿐이에요."
"보고 있는 것뿐이라니. 뭐, 어떤 의뢰가 있는지 알아보는 것도 공부가 되겠지."

"이 아이, 그 소문의 랭크 E 곰돌이 여자아이 아니야?"

마법사 차림을 한 여자가 나를 보았다.

"어제부로 랭크 D가 됐습니다."

일단 정정을 해두었다.

"네가 랭크 D라고?"

"일단은, 어제 막 됐어요."

"다른 멤버는? ……그 꼬맹이는 나이가 되지 않아 보이는데."

파티 멤버로 삼기엔 피나가 너무 어리단 걸 눈치챈 것이겠지.

"분명 소문의 블러디 베어는 솔로이지 않았나?"

"뭐야? 블러디 베어라니."

아, 그거, 나도 궁금했어.

어제 신경 쓰였지.

"뭐야, 토야 너 모르는 거야?"

파티 리더로 보이는 사람이 끼어들었다.

"곰의 모습을 한 소녀에게 싸움을 걸었던 모험가가 피투성이가 될 때까지 맞았는데, 사과해도 용서해주지 않더래. 소녀는 상대가 쓰러져도 계속 때리고…… 그 곳에 있었던 모험가 전원이 피투성이가 될 때까지 맞았다고 해."

뭐야, 그거. 무서워.

대체 어디 사는 곰탱이야?

"게다가 그 곰의 모습을 한 소녀는 마물을 해체도 하지 않고, 피투성이인 상태로 매일 길드에 갖고 온다고 최근 화제가 되고 있어."

그야 검으로 베거나 마법으로 쓰러뜨리면 피가 흐르지.

게다가 그 직후 바로 담으니까 곰 박스에서 꺼낼 때 피가 흐르는 거고.

"그런 생김새랑 행동 때문에 블러디 베어라고 불리고 있어."

"몰랐어. 그런 곰이 있었다니."

나도 몰랐어.

그런 곰탱이가 있었다니…….

"뭐, 너는 길드에 잘 안 오니까 모를 만도 하지."

"그럼 이 곰 아가씨 유명한 거야?"

"고블린 무리, 고블린 킹, 오크 토벌을 혼자서 하고 있어서 길드에서는 나름 유명해."

"그러게. 옷차림도 그렇지만 최근엔 그 실력 때문에 유명해지고 있어."

"메루도 알아?"

"정보 수집은 모험가에겐 당연한 일이야."

"그렇군. 미안해, 곰 아가씨. 이상한 차림을 한 초보인 줄 알았어."

나쁜 사람은 아닌 것 같았다.

나를 아무것도 모르는 초보로 착각해 의뢰 보드가 틀렸다는 것을 주의해 주려고 했던 모양이다.

"아뇨, 걱정돼서 그러신 것 같으니 괜찮아요."

"그래. 그럼 우린 갈 테니 무슨 있으면 말해."

이야기를 나누고 결정했는지, 네 명은 의뢰서를 가지고 접수대로 향했다.

나도 랭크 D 중에서 당일치기로 가능할 것 같은 것을 골랐다.

"유나 언니, 정했어요?"

"그래. 그럼 우리도 가보자."

20 곰 씨의 소환수는 곰, 곰 씨의 집은 곰 하우스

비어 있는 접수대에서 의뢰를 받고 길드를 나왔다.

"유나 언니, 무슨 의뢰를 받았어요?"

"타이거 울프 토벌."

"언니!"

"왜?"

"타이거 울프는 울프보다도 크고 강하다고 들었어요. 괜찮겠어요?"

피나가 걱정스러운 듯 내 곰 옷을 쥐어왔다.

"괜찮지 않을까?"

울프를 크게 키운 정도일 텐데.

불안해 보이는 피나의 머리를 쓰다듬으며 마을을 나왔다.

문에는 늦게 출발하는 상인, 모험가가 서 있었다.

우리도 줄을 서서 길드 카드를 보이고 마을을 나왔다.

문을 빠져나와 어느 정도 걷다가 길에서 조금 떨어져서 주변에 사람이 없는 장소로 이동했다.

몇몇 모험가들이 멀리서 우리들을 보고 있었다.

신경 쓰지 않고 발걸음을 멈췄다.

"언니?"

"탈것을 꺼낼 테니까 기다려."

피나에게 조금 떨어지라고 말하고 양손에 달려 있는 흰 곰, 검은 곰 장갑을 펼쳤다.

그리고 마력을 보냈다.

곰 입이 크게 벌어지고 좌우의 입에서 하얀 물체와 검은 물체가 튀어나왔다.

그 물체는 느릿느릿 움직였다.

그리고 그것은 천천히 각각 네 개의 발로 섰다.

네, 소환수인 곰입니다.

흰 곰과 검은 곰이 내 눈앞으로 다가왔다.

바짝 다가오자 얼굴과 턱을 쓰다듬어 주었다.

곰들이 기분이 좋은지 눈을 가늘게 떴다.

푹신푹신해서 촉감이 좋았다.

내 뺨에 부드럽게 닿았다.

"언니!"

피나는 뒷걸음질을 했다.

"괜찮아. 내 소환수니까 안심해. 자, 피나도 만져봐."

피나는 쭈뼛쭈뼛 가까이 다가와 곰을 만졌다.

곰이 아무 짓도 하지 않는 걸 알고 피나는 미소를 지었다.

“그럼, 피나는 곰순이를 타.”

“곰순이요?”

“흰 곰이 곰순이, 검은 곰이 곰돌이야.”

곰순이는 피나가 타기 쉽도록 허리를 숙여주었다.

“괜찮아.”

피나는 쭈뼛쭈뼛 곰순이를 탔다.

피나가 타자 곰순이가 천천히 일어섰다.

“으아아아.”

“꽉 잡으면 괜찮아. 뭐, 곰순이의 능력이 있으니까 스스로 뛰어내리지 않는 한 떨어지지 않을 거야.”

의외로 시선이 높았기 때문에 익숙해지지 않으면 무서울지도 모른다.

“만약 잠들거나 잡지 않는다고 해도 떨어지지는 않아.”

피나를 안심시키고 나도 곰돌이에 올라탔다.

“처음에는 천천히 가다가 익숙해지면 뛸 거야.”

“네, 네에.”

곰에 올라탄 우리는 타이거 울프가 있는 산을 향해 달렸다.

그 모습을 보고 있던 근처 모험가들과 상인, 여행객들이 우리들을 호기심의 눈초리로 보고 있었던 것은 말할 것도 없었다.

처음에는 다른 사람의 눈을 의식하며 소환하려 했지만, 매번 마을에서 떨어져 소환하기도 귀찮아져서 다른 사람 눈을 신경 쓰지 않고 소환한 것이다.

우리를 태운 곰은 서서히 속도를 높였다.

목적지는 고블린 킹이 있었던 산보다 안쪽이었다.

걸어가면 6시간, 이 곰이라면 30분 정도 걸린다.

“와하하하하.”

피나는 즐거워 보였다.

시속 몇 킬로미터나 되는지는 몰랐다.

곰에 계기판이 달려 있지는 않으니.

차도 오토바이도 탄 적이 없어서 체감 속도는 모른다.

하지만 꽤 속도가 빠르다는 것은 알 수 있었다.

속도는 빨랐지만 곰 전체를 감싸듯 힘이 발생하고 있어서 풍압을 받지는 않았다.

그래서 자고 있어도 목적지까지 도착할 수 있었다.

도중에 더욱 속도를 올려 고블린 토벌로 정보를 얻은 마을 근처에 도착했다.

곰들을 보고 놀라게 하는 것도 민폐일 테니 마을을 통과하지 않고 산으로 들어갔다.

산으로 들어가자 역시 속도가 줄었다.

여기서부터는 천천히 올라갔다.

"분명 이쪽이었던 것 같은데……."

의뢰서에는 이 근처에서 나온다고 적혀 있었다.

산 중턱에 평지를 발견하고 곰에서 내렸다.

"이 근처면 되려나."

주변 장애물과 넓이를 확인했다.

곰 박스에서 어떤 것을 꺼내 설치했다.

"유나 언니!"

박스에서 나온 것을 보고 피나가 소리쳤다.

오늘 피나는 소리만 지르네.

나타난 것은 집, 곰 하우스였다.

정원이 딸린 이층집인 곰 하우스가 우리 앞에 있었다.

겉모습은 묵직한 곰이 네 다리로 서 있는 모습이었다.

현관은 크게 벌린 곰의 입이었고, 2층은 새끼 곰이 올라타 있는 모양이었다.

집 옆에는 창고도 딸려 있었다.

"일단 안으로 들어가서 쉬자."

"……네."

곰들은 정원에서 기다리게 했다.

우리들은 곰에게 먹히듯 입 안으로 들어갔다.

곰 하우스에 들어서자 안은 일본풍이었다.

"아, 거기에서 신발 벗어."

이 세계의 풍습은 잘 모르겠지만 일단 말했다.

현관에서 신발을 벗자 다음은 거실이었다.

1층은 거실, 부엌, 욕실, 화장실, 미니 창고로 되어 있었다.

2층은 내 방과 손님방이 여러 개 준비되어 있었다.

옥상은 새끼 곰의 머리에 위치해 있어 빨래라도 널까 싶었다.

"아, 그쯤에 앉아."

소파와 닮은 의자를 가리켰다.

"유나 언니."

"왜?"

"이 집은 뭐예요?"

피나가 집을 훑어보고 물었다.

"내가 마법으로 만든 집이야."

마법 실험으로 곰 박스에 들어가는 물건의 크기나 양이 무한하단 걸 알았기 때문에 여행용으로 집을 만든 것이었다.

집은 땅 속성 마법으로 곰을 상상해서 만들었다. 그 편이 강도가 세기 때문이었다.

내부 인테리어는 취향에 맞춰 땅 속성 마법으로 벽을 만들어서 방을 나눴다.

물이 필요한 방은 물의 마석을 구입하여 설치했다.

부엌에는 냉장고도 있었다.

빛의 마석도 각 방에 설치했기 때문에 밤에도 환하게 지낼 수 있다.

이 집에 부족한 것은 TV와 컴퓨터 정도일 것이다.

그것들만 있다면 틀어박혀 있을 수 있는 집이 완성된다.

부엌으로 가 차가운 주스를 피나에게 건넸다.

"유나 언니는 어딘가의 귀족인가요?"

"아니."

"그럼 공주예요?"

"나 같은 공주가 있을 리가 없잖아. 평범한 모험가야."

피나는 무슨 말을 하고 싶어 했지만 입을 다물었다.

"그럼 쉬고 있어. 나는 타이거 울프 찾으러 갈게."

"저는요?"

"피나는 곰순이랑 같이 어머니 드릴 약초라도 찾으러 다녀와. 곰순이가 있으면 안전하니까. 만약 위험하다 싶을 때 집으로 돌아오면 결계가 쳐져 있으니까 안전할 거야."

"……."

"그리고 옆에 있는 창고에 마물을 둘 테니까 시간이 있으면 해체 부탁할게."

“해체는 나중에 해도 돼요?”

“그건 피나 마음 아닐까? 해체를 해서 판 금액의 10퍼센트가 피나의 수입이 될 테니까. 얼른 약초를 찾고 해체하는 것도, 계속 어머니 약초를 찾는 것도 네 마음이지.”

“네, 알았어요.”

“그럼 창고로 가자. 설명해줄게.”

창고는 집 안에서도 밖에서도 들어갈 수 있도록 되어 있었다.

창고는 10평 정도의 크기였다.

창고 안은 물과 작업대가 설치되어 있을 뿐, 그 밖엔 아무것도 없었다.

벽 쪽에 울프와 뿔토끼를 10마리 정도 곰 박스에서 꺼내 두었다.

“딱히 다 하진 않아도 돼. 해체가 끝나면 이쪽 방에 놔줄래?”

옆방은 냉장 창고로 되어 있었다.

주로 차갑게 보관하고 싶은 것들을 대량으로 넣기 위해서 만든 장소였다.

곰 박스에 넣으면 시간이 멈추기 때문에 차갑게 만드는 건 불가능했다.

단, 곰 하우스를 곰 박스에 넣으면 시간이 정지해버리지만 말이다.

“그럼 갔다 올 테니까 조심히 있어. 무슨 일 있으면 곰순이한테 부탁해.”

21 곰 씨, 타이거 울프를 토벌하러 가다

곰 하우스를 나와 곰돌이를 타고 이동했다.

곰 신발을 사용해도 문제는 없었지만…….

최근 곰돌이와 곰순이를 타고 이동하는 게 마음에 들었다.

한쪽에만 계속 타면 기분이 상할 수도 있어서 번갈아 가면서 타고 있다.

곰돌이를 타면서 탐지 마법을 써서 이 주변을 알아봤다.

레벨이 올라 탐지 범위도 넓어져 있었다.

무수한 마물이 탐지되었다.

이건가?

"두 마리 있는 것 같네. 한 쌍인가?"

곰돌이에게 방향을 지시했다.

곰돌이가 달리기 시작했고, 나무와 나무 사이를 내달렸다.

나뭇가지와 풀숲은 곰돌이가 전부 좌우로 헤치며 향했다.

곰 신발로 달려가면 이런 건 할 수 없었다.

근처에 울프도 있었지만 오늘은 무시하고 달렸다.

조금 더 달리자 타이거 울프의 반응이 가까워졌다.

곰돌이에게 멈추도록 지시했다.

근처에 물이 흐르는 소리가 들렸다.

아무래도 강 근처에 있는 것 같았다.

곰돌이에서 내리고 천천히 갈지, 이대로 곰돌이를 타고 갈지 고민이 됐다.

덮쳐 오면 좋겠지만 도망치기라도 했다간 쫓기 귀찮아진다.

무엇보다도 두 마리나 있으니까 말이다.

만약 게임의 사냥꾼이었다면 바람의 방향이나 냄새 같은 걸로 들키지 않도록 향하겠지만, 그런 스킬은 가지고 있지 않았다.

역시 곰돌이로 돌격할까?

곰돌이에게 타이거 울프가 있는 장소로 향하도록 지시했다.

곰돌이가 달리기 시작했다.

산속을 검은 그림자가 달려 나갔다.

곰돌이가 강으로 나오자 그곳에는 두 마리의 큰 호랑이, 타이거 울프가 쉬고 있었다.

우리를 눈치채고 느릿느릿 일어났다.

"크르릉."

상황을 살피고 있었다.

"생각했던 것보다 크네."

한 마리는 곰돌이와 비슷한 크기였다.

또 한 마리는 그것보다 한층 더 컸다.

작은 쪽이 암컷이고 큰 쪽이 수컷인가?

곰돌이에서 천천히 내렸다.

얼굴을 쓰다듬고 작은 쪽을 곰돌이에게 부탁했다.

타이거 울프들을 향해서 바람 속성 마법을 날렸다.

타이거 울프는 날렵한 움직임으로 간단하게 피했다.

곰돌이는 암컷 타이거 울프를 향해서 달렸다.

나는 불 속성 마법을 수컷을 향해 날렸다.

타이거 울프는 오른쪽으로 피하고 그대로 나를 향해 달려왔다.

빨라!

울프와 달리 스피드도 순발력도 빨랐다.

순식간에 타이거 울프가 틈을 타 공격해왔다.

땅 속성 마법을 사용했다.

하지만 간단하게 파괴되었다.

으음, 평범한 마법은 효과가 없는 것 같았다.

덮쳐올 수 있는 거리까지 들이닥쳤다.

하늘로 점프해 도망쳤다.

타이거 울프는 위를 쳐다보며 으르렁거렸다.

체공 시간을 이용하여 하늘에서 고민을 하고 있는데—.

타이거 울프가 점프를 해 왔다.

"말도 안 돼!"

낙하 중인 나를 향해 타이거 울프가 날카로운 이빨을 들이밀었다.

"곰 펀치."

입을 벌리고 있는 타이거 울프의 옆얼굴을 날려버렸다.

나는 착지와 동시에 무수한 얼음 화살을 날렸다.

하지만 얼음 화살은 전부 튕겨 나갔다.

고블린 킹 때도 그랬지만, 지금 내 레벨에선 평범한 마법으로는 대미지를 주지 못하는 걸까.

그렇다면 고블린 킹을 쓰러뜨린 방법을 시험해보기로 했다.

지면에 깊은 구멍을 뚫어 타이거 울프를 떨어뜨렸다.

구멍으로 다가가 공격을 하려고 한 순간, 타이거 울프가 벽을 타고 올라왔다.

그 기세로 발톱을 뻗어 왔다.

뒤로 스텝을 하며 피했다.

구멍으로 떨어뜨리는 건 안 되는 모양이네.

한편, 곰돌이는 작은 타이거 울프와 싸우고 있었다.

발톱과 발톱의 공방.

이빨과 이빨의 공방.

호각의 싸움을 하고 있었다.

평범한 곰이라면 스피드에서 지겠지만, 우리 곰돌이는 스피드도 빨랐다. 타이거 울프보다도 빨랐다. 지구력 면에 있어서도 마을에서 이곳까지 달려왔지만 지친 기색은 없었다.

하지만 우리 곰돌이와 호각이라는 건, 저 타이거 울프 의외로 세네.

저쪽 타이거 울프는 곰돌이에게 맡기고 눈앞의 타이거 울프를 쓰러뜨리기로 했다.

저 모피는 갖고 싶으니 되도록 상처를 입히고 싶지 않은데, 어떻게 하지?

"워터 베어."

곰 모양의 물이 나타났다.

물의 곰이 타이거 울프를 향해 달려가 타이거 울프를 두 앞다리로 꽉 붙잡았다.

그대로 타이거 울프의 머리를 자신의 몸으로 눌렀다.

타이거 울프의 머리가 물의 곰 안으로 들어갔다.

타이거 울프는 물의 곰에게 눌려 움직이지 못했다. 입으로 대량의 공기를 뿜으며 숨쉬기 어려운지 고개를 흔들었다.

곰 계열 마법은 역시 세네.

곰돌이 쪽을 보니 타이거 울프를 짓누르고 있었다.

물의 구슬을 만들어 타이거 울프를 향해 날렸다.

물의 구슬이 타이거 울프의 얼굴을 덮쳤다.

두 마리의 타이거 울프는 도망치려 했지만 물의 곰, 곰돌이에게 각각 눌려 도망칠 수 없었다.

조금 지나자 두 마리는 더 이상 움직이지 않게 되었다.

토벌 종료.

곰 박스에 타이거 울프를 담아 곰 하우스로 돌아가기로 했다.

22 피나와 곰 씨 2

오늘도 잠에서 깨어나 어머니와 여동생의 아침 식사를 만들었습니다.

오늘은 어머니의 컨디션이 좋은 것 같습니다.

동생은 졸린 눈을 비비며 일어났습니다.

두 사람이 식사를 끝내는 걸 기다리고 길드로 향했습니다.

기쁘게도 길드에 도착하니 해체되지 않은 울프가 대량으로 들어온 듯했습니다.

오늘은 일감을 받을 수 있을 것 같습니다.

길드 안쪽에 있는 냉장 창고로 향했습니다.

냉장 창고는 춥습니다.

고기가 상하지 않도록 하기 위한 처리라서 어쩔 수 없습니다.

창고에 준비되어 있는 울프 모피로 만들어진 방한구가 있어서 빌렸습니다.

직원용이라서 조금 크지만 어쩔 수 없습니다.

하지만 따뜻합니다.

냉장 창고 안쪽으로 들어가니 울프가 산더미처럼 쌓여 있었습니다.

그중 한 마리를 테이블 위에 올렸습니다.

테이블이 좀 높아서 제 전용 발판을 준비했습니다.

이것으로 울프를 해체하기 쉬워졌습니다.

나이프로 울프의 배를 갈라 깔끔하게 모피를 벗겨 나갑니다.

이건 깔끔한 울프네요.

검 같은 무기로 여러 번 공격해서 쓰러뜨린 울프와 일격으로 쓰러뜨린 울프는 모피의 가치가 달라집니다. 이 울프는 일격으로 쓰러뜨렸네요.

우수한 모험가가 쓰러뜨린 것 같습니다.

그렇다면 해체도 하지 않고 가지고 온 이유도 알겠습니다.

하위 모험가라면 해체 수수료를 낼 바에 직접 합니다.

상위 모험가라면 울프를 일부러 해체하면서까지 돈을 벌 필요는 없습니다.

저에게는 고마운 일입니다.

모피를 벗긴 후 고기를 부위별로 나눕니다.

이 고기는 여관, 음식점, 일반 가정으로 팔립니다.

남은 찌꺼기는 팔리지 않아서 받을 수 있습니다.

오늘 저녁은 고기를 먹을 수 있겠습니다.

길드에 감사합니다.

최근 길드에 가면 매번 해체 일이 있습니다.

기쁜 일입니다.

저번에는 고블린 킹이 있었습니다.

아무리 그래도 고블린 킹은 해체한 적이 없습니다.

해체 공부를 위해 길드 선배들이 일하는 걸 보았습니다.

고블린 킹은 단단해 보였습니다.

나이프가 몸에 좀처럼 박히지 않았습니다.

고블린 킹의 몸에는 휘갈겨진 흔적이 무수히 많았습니다.

쓰러뜨린 사람은 어떻게 공격을 했을까요.

몸 정면은 상처가 심했지만 등은 깨끗했습니다.

정면에서 싸운 것일까요.

대단한 모험가가 있나보네요.

오늘도 울프 해체가 있었습니다.

가져오는 건 아무래도 같은 모험가인 것 같습니다.

그 사람은 곰의 모습을 한 여자아이라고 합니다.

유나 언니였습니다.

유나 언니는 간접적으로 저를 도와준 모양입니다.

오늘도 가니 뿔토끼가 있었습니다.

모피가 보들보들해서 기분이 좋네요.

뿔도 어떤 약으로 쓰인다고 들었습니다.

하지만 제 지식 밖이라 자세하게는 모릅니다.

제 일은 해체입니다.

모피, 뿔, 고기로 나눴습니다.

동생에게 이 모피로 옷을 만들어 주고 싶습니다.

갖고 싶지만 결코 훔치지는 않습니다.

일감을 주시는 겐츠 아저씨의 신뢰를 배신하는 일이 되기 때문입니다.

오늘도 일감이 있었습니다.

너무 기쁩니다.

울프를 해체하고 있는데 길드 직원 몇 명이 창고에서 불려 나갔습니다.

이야기를 들어보니 해체를 하지 않은 마물의 소재가 대량으로 옮겨지고 있다고 합니다.

어쩌면 유나 언니일지도 모릅니다.

확인하러 가고 싶었지만 일하다 말고 자리를 벗어날 수는 없습니다.

눈앞의 울프를 해체하고 있는데 겐츠 아저씨가 왔습니다.

아무래도 유나 언니가 해체 일에 전속으로 고용해준다는 것 같았습니다.

해체 도중 유나 언니가 있는 곳으로 불려 나갔습니다.

유나 언니가 이 마을에 있는 한 일감을 주기로 했습니다.

안정적으로 일감을 받을 수 있다는 것이 기쁩니다.

오늘은 일이 남아서 내일 만나기로 약속을 하고 헤어졌습니다.

다음 날, 아침 일찍 일어나 약속 시간에 유나 언니가 묵고 있는 여관로 갔습니다.

일을 받을 수 있는 것에 감사합니다.

여관에 도착하자 유나 언니는 아침 식사를 하고 있었습니다.

너무 빨리 도착한 걸까요.

유나 언니가 불러서 다가가자 주스를 주었습니다.

무척 맛있었습니다.

그리고 오늘의 일정을 이야기했습니다.

따라갈지 남을지 물었습니다.

혹시 숲에 갈 거라면 따라가고 싶습니다.

어머니의 병에 듣는 약초를 발견할지도 모릅니다.

하지만 방해가 된다면 남겠습니다.

그러자 유나 언니는 저 정도는 지켜줄 수 있다고 말해주었습니다.

같이 따라가기로 했습니다.

정말 괜찮은 걸까요.

길드에 도착하자 의뢰 보드가 있는 쪽으로 향했습니다.

저는 방해가 되지 않도록 조금 떨어진 위치에서 유나 언니를 기다렸습니다.

그러자 유나 언니가 또 모험가들과 시비가 붙었습니다.

역시 저 곰 차림이 눈에 띄는 탓인 걸까요.

하지만 이번에는 아무 일 없이 모험가들과 헤어졌습니다.

다행입니다.

유나 언니는 의뢰를 정했는지 접수대로 향했습니다.

저는 어떤 의뢰를 받았는지 물었습니다.

그러자 유나 언니가 말했습니다.

"타이거 울프 토벌."

순간 말이 나오지 않았습니다.

놀랐습니다.

저는 잘 모르지만 랭크 D 일이 혼자서 할 수 있는 일인가요.

모두들 파티를 맺어 싸우는 것 같습니다만…….

잘 모르겠습니다.

그런 의뢰에 제가 정말 따라가도 될까요.

23 피나와 곰 씨 3

문을 빠져나와 마을 밖으로 나왔습니다.

그러고 보니 목적지를 묻지 않았습니다.

타이거 울프는 근처 숲에서 나오는 걸까요.

그러자 유나 언니가 갈 곳이 머니까 탈것을 꺼내겠다고 말했습니다.

꺼낸다고요?

의미를 모르겠습니다.

저에게 조금 떨어지라고 말했습니다.

유나 언니가 곰 장갑을 펼치자 검은 물체와 하얀 물체가 나왔습니다.

뭐죠?

큰 물체가 움직였습니다.

곰입니다.

큽니다.

무섭습니다.

일어서서 유나 언니에게 다가갔습니다.

유나 언니는 감싸듯 제 머리를 쓰다듬었습니다.

그런 유나 언니를 보고 있자—.

“괜찮아. 내 소환수니까 안심해. 자, 피나도 만져봐.”

그렇게 말했습니다.

무섭지만 천천히 다가가 만졌습니다.

부드럽습니다.

의외로 귀여울지도 모릅니다.

이름은 하얀 쪽이 곰순이, 검은 쪽이 곰돌이라고 합니다.

저는 곰순이에 타게 되었습니다.

탔습니다.

시선이 높아져서 조금 무서웠습니다.

하지만 안정감이 있어 떨어질 것 같진 않았습니다.

처음엔 걷다가 익숙해지자 속도를 높였습니다.

즐겁습니다.

빠릅니다.

경치가 점점 바뀌어 갔습니다.

이렇게 멀리 온 것은 처음입니다.

산을 올라갔습니다.

유나 언니가 멈췄습니다.

산 속 평지로 되어 있는 곳에서 휴식을 취한다고 합니다.

확실히 타고 있는 것만으로도 지쳤습니다.

곰순이에게 고맙다는 말을 하고 내렸습니다.

유나 언니가 곰돌이에서 내리더니 장소를 확인했습니다.

그리고 장갑의 손을 펼치자 눈앞에 갑자기 집이 나타났습니다.

제가 지금 무슨 소릴 하는 있는 건가요.

다시 한 번 확인하겠습니다.

유나 언니가 무언가를 했습니다.

그러자 집이 나타났습니다.

역시 잘 모르겠습니다.

집이라는 게 이렇게 간단하게 생기는 것인가요.

그럴 리가 없습니다.

제가 아무리 어려도 그건 압니다. 집은 목수가 만드는 것입니다.

하지만 어째서 집의 모습이 곰인 걸까요?

저는 궁금해하면서 곰의 집을 보고 있었지만—,

"일단 안으로 들어가서 쉬자."

그렇게 말하는 유나 언니의 말에 고개를 끄덕일 수밖에 없었습니다.

집 안은 본 적도 없는 모습이었습니다.

유나 언니가 입구에서 신발을 벗으라고 했습니다.

바닥이 깨끗했습니다.

확실히 이것을 더럽힐 수는 없습니다.

신발을 벗고 집 안으로 들어갔습니다.

유나 언니의 권유로 의자에 앉았습니다.

긴장을 하면서 주변을 보고 있는데 유나 언니가 주스를 가지고 왔습니다.

차가워서 놀랐습니다.

하지만 그것은 매우 맛있었습니다.

저는 신경이 쓰이는 점을 물었습니다.

“유나 언니는 어딘가의 귀족인가요?”

“아니.”

“그럼 공주예요?”

“나 같은 공주가 있을 리가 없잖아. 평범한 모험가야.”

모두 틀린 모양이었습니다.

하지만 평범한 모험가는 아니라고 생각합니다.

이런 집을 만들거나, 곰순이와 곰돌이를 꺼내거나, 혼자서 마물을 쓰러뜨리거나, 무엇보다도 평범한 모험가가 곰 차림을 하고 있진 않다고 생각합니다.

질문을 마친 후 주스를 마시면서 오늘의 일정에 대해 이야기를 했습니다.

유나 언니는 혼자서 타이거 울프를 찾으러 간다고 합니다.

해체하는 것도 자유라고 했습니다.

우선 약초를 찾아보기로 했습니다.

혼자서는 무섭지만 곰순이가 같이 있어준다고 합니다.

그렇다면 안심이네요……?

조금 찾다가 못 찾을 것 같으면 해체 작업을 하기로 했습니다. 그것 때문에 왔으니까요.

유나 언니는 곰돌이와 같이 나갔습니다.

저도 곰순이를 타고 약초를 찾으러 나왔습니다.

곰순이를 타고 산속을 걸었습니다.

해체도 하고 싶으니 얼른 약초를 찾으면 좋을 텐데요.

이 곰이 약초를 찾아주면 좋을 텐데 말이에요.

"곰순아, 약초를 찾을 수 있니?"

밑져야 본전으로 물어봤습니다.

곰순이는 제게 고개를 향하고 끄덕였습니다.

어, 찾을 수 있나요?

곰순이는 점점 더 앞으로 나아갔습니다.

찾아주고 있는 걸까요. 저도 곰순이 위에서 약초를 찾았습니다.

몇 번이고 봤던 약초라서 멀리서 봐도 찾을 수 있습니다.

그 순간, 곰순이가 속도를 냈습니다.

저건!

곰순이가 달려가는 곳에 약초가 보였습니다.

대단합니다.

곰순이에서 내려 약초를 캤습니다.

전부 캐면 다음에 자라지 않기 때문에 반만 캤습니다.

그래도 양이 꽤 됩니다.

이런 산 구석이라서 아무도 캐러 오지 않는 걸까요.

약초를 캐고 있는데 풀이 바스락거리는 소리가 났습니다.

소리가 난 곳을 보자 울프가 있었습니다.

제가 놀라 뒤로 물러서자 울프는 곧바로 도망쳤습니다.

그렇습니다. 저에게는 곰순이가 있었습니다.

울프는 곰순이를 보고 도망친 것이겠지요.

"곰순아, 고마워."

얼굴을 쓰다듬어 주었습니다.

으……응, 귀엽습니다.

약초를 주머니에 담아 돌아가기로 했습니다.

빨리 찾아서 다행입니다.

이제 돌아가서 해체 작업을 할 수 있습니다.

그럼, 돌아갑시다.

곰순이 위에 올라탔습니다.

돌아가려는데 깨달았습니다.

돌아가는 길을 모른다는 것을 말이죠.

어느 쪽으로 가야 하는지 몰랐습니다.

미아입니다.

그렇게 생각하는데 곰순이가 아무렇지 않게 걷기 시작합니다.

돌아가는 길을 아는 걸까요.

"집이 어디 있는지 알아?"

물어보았더니 고개를 끄덕입니다.

저보다도 똑똑한 곰입니다.

잠시 후 곰 모양 집이 보였습니다.

미아가 되지 않아서 다행입니다.

곰순이에게 감사합니다.

24 곰은 집에 가는 것까지가 일입니다

곰돌이를 타고 곰 하우스로 돌아왔다.

정원에는 곰순이가 몸을 둥글게 말고 기분 좋게 자고 있었다.

피나는 곰 하우스에 있는 것 같았다.

곰돌이에게 쉬라고 말하고 창고로 향했다.

안으로 들어가자 피나가 마물을 해체하고 있었다.

"앗, 유나 언니. 다녀오셨어요."

창고에 들어선 나를 보고 피나가 반겨주었다.

"다녀왔어."

"일찍 오셨네요. 타이거 울프는요?"

"쓰러뜨렸어. 미안한데 나중에 토벌 증명 마석을 빼는 거 부탁해도 될까?"

타이거 울프의 마석은 토벌의 증명이 된다.

"네, 괜찮아요."

곰 박스에서 타이거 울프 두 마리를 꺼냈다.

"유나 언니, 대단하네요."

피나가 큰 타이거 울프의 사체를 보고 놀랐다.

"확실히 셌어. 평범한 마법은 통하지 않고, 움직임도 빨라서 비장의 기술을 써야만 했지."

"그래도 쓰러뜨린 유나 언니는 대단하다고 생각해요."

"고마워. 피나는 약초는 찾으러 갔다 왔어?"

"네, 곰순이에게 도움을 받았어요."

"곰순이한테?"

"네, 곰순이가 약초를 찾아주어서 바로 돌아올 수 있었어요. 제가 약초가 어딨는지 아냐고 물었더니 약초가 있는 곳으로 데려다 주었어요."

곰순이에게 그런 능력이 있는 줄은 몰랐다.

다음번에 시험해 봐야지.

피나는 말을 하면서도 해체를 계속했다.

보는 동안 울프의 모피가 깨끗하게 벗겨져 나갔다.

솜씨가 좋다.

"타이거 울프는 마석만 꺼내면 되죠?"

"응, 지금은 마석만으로 괜찮아. 나중에 부탁할지도 모르지만 말이지."

울프의 해체가 일단락되자 피나는 바닥에 놓인 타이거 울프의 마석을 꺼내기 시작했다.

배를 갈라 망설임 없이 손을 넣어 마석을 꺼냈다.

피나는 물로 깨끗하게 닦은 마석을 건네주었다.

하얗게 빛나고, 울프의 마석의 두 배 정도 되는 크기였다.

“마석이 있는 위치는 알아?”

피나는 마석을 꺼내는 데 망설임 없이 나이프를 박아 손을 넣어 꺼냈다.

“마석은 마물의 몸 중앙에 있는 경우가 많아요.”

“그래?”

“네, 이렇게 말해도 저도 모든 마물을 해체한 게 아니라서 정확하다고는 할 수 없어요. 그래도 타이거 울프의 마석은 울프와 같은 위치라는 건 알고 있었거든요.”

“피나는 대단하네.”

“대단한 건 유나 언니예요. 이런 대단한 마물을 혼자서 쓰러뜨렸잖아요.”

“고마워. 그럼 늦었지만 점심 먹을까?”

마석을 꺼낸 타이거 울프들을 곰 박스에 넣었다.

“저, 점심, 준비, 하지, 않았어요.”

눈을 내리깔며 피나가 작게 말했다.

“괜찮아, 여관에서 받았으니까 손 씻으면 집으로 와.”

“네.”

곰 하우스로 돌아가 냉장고에서 주스를 준비하고, 곰 박스에서 따끈따끈한 요리를 꺼냈다.

시간 정지에 감사할 따름이다.

테이블에 올리고 준비가 되자 피나가 집으로 들어왔다.

"따뜻할 때 먹자."

피나를 요리가 놓인 자리에 앉혔다.

"맛있겠네요."

피나는 요리를 기쁜 듯 보고 있었다.

"그래서, 어떻게 할까?"

"어떻게라뇨?"

피나가 고개를 갸웃했다.

"돌아갈래? 아니면 해체할래?"

"가능하다면 해체를 하고 싶어요."

"그럼 당분간 여기 있자."

"고맙습니다."

식사를 마친 나는 피나에게 2층에서 자겠다고 전하고 내 방으로 왔다.

13평 정도의 조금 넓은 방이었다.

방에는 조금 큰 침대와 둥근 테이블과 의자 네 개. 아무것도 들어 있지 않은 서랍. 아무것도 들어 있지 않은 책장이 놓여 있을 뿐이었다.

곰 박스가 있으면 물건을 두지 않아도 곤란하지 않았다.

검은 곰 옷을 흰 곰 옷으로 뒤집어 입고 침대에 누웠다.
몇 시간만 낮잠을 자기로 했다.

흔들흔들.
"유나 언니, 유나 언니."
흔들흔들.
"피나?"
"일어나세요."
"좋은 아침. 해체 끝났어?"
"네, 끝났어요. 그래서 깨우러 왔어요."
"고마워."
하품을 하고 침대에서 내려왔다.
"유나 언니!"
피나가 내 옷차림을 보고 눈을 반짝였다.
뭐지?
"그 하얀 곰, 귀엽네요."
맞다, 지금은 흰 곰 모습이었다.
"잘 때는 이 차림이야."
흰 곰을 벗어 평소의 검은 곰으로 뒤집어 입었다.
"그럼 돌아갈까?"

"네."

돌아갈 땐 내가 곰순이, 피나가 곰돌이에 탔다.

30분 정도 지나 마을에 도착했을 무렵에는 해가 지고 있었다.

아무래도 완전히 어두워지기 전에 돌아온 것 같았다.

이 세계에서는 잘 모르지만 역시 열 살짜리 아이를 늦게까지 데리고 다닐 수는 없었다.

문 앞까지 곰순이를 타고 다가가자 문지기가 놀라 무기를 쥐었다.

나와 피나는 곰에서 내렸고, 나는 곰순이, 곰돌이를 담았다.

그리고 아무것도 아니라는 얼굴로 길드 카드를 꺼내 마을 안으로 들어가려고 했다.

"어이, 방금 그 곰들은 뭐야?"

"소환수인데요?"

"그렇군, 소환수로군."

문지기는 아무 말도 하지 않고 길드 카드를 돌려주었다.

한소리 들을 줄 알았지만 아무 말도 듣지 않았다.

마을로 들어가 타이거 울프 토벌을 보고하러 길드로 향했다.

25 곰 씨, 해체할 장소를 찾아서

길드 앞에 도착하자 피나는 밖에서 기다리겠다고 말해 혼자서 들어갔다.

분명 누추한 남자들 사이로는 들어가고 싶지 않겠지.

어린애가 들어가면 바로 말을 걸어오는 바보도 있으니 말이다.

"금방 올게."

길드 안으로 들어가 접수대로 향하자 헬렌이 있었다.

때마침 줄이 없어서 헬렌이 있는 곳으로 향했다.

"유나 님, 의뢰 보고인가요?"

"네, 끝냈어요."

"그럼 길드 카드를 주시겠어요?"

길드 카드를 건넸다.

헬렌은 길드 카드에 등록되어 있는 의뢰 내용을 확인했다.

"유나 님, 타이거 울프 토벌을 받으셨어요?!"

"그런데요."

"게다가 오늘 받아서 오늘 토벌하고 오셨다고요?"

헬렌의 큰 목소리에 안에 있던 모험가들이 웅성거리기 시작했다.

"타이거 울프래."

"랭크 D 몬스터를 혼자서 토벌한 거야?"

"하지만 타이거 울프가 나온 장소는 여기에서 좀 떨어진 장소잖아. 당일치기로 돌아올 수 있는 건가?"

"너 모르냐?"

"뭐를?"

"곰 말이야."

"곰? 저 아가씨 옷차림을 말하는 거야?"

"아니. 소환수로 곰을 불러내서 그걸 타고 갔어."

"소환수로? 곰을?"

"내가 봤다니까. 게다가 두 마리, 하얀 곰이랑 검은 곰."

다른 모험가가 이야기에 끼어들었다.

"두 마리?!"

"게다가 그 곰, 빨랐어."

뒤에서 이야기가 고조되고 있었지만 이쪽도 이야기는 진행되고 있었다.

"그럼 유나 님, 토벌 증명 마석을 부탁드려도 될까요."

곰 박스에서 두 개의 마석을 꺼냈다.

"두 개인가요?"

"두 마리 있었거든요."

두 마리라는 나의 말에 뒤쪽이 소란스러웠지만 무시했다.

헬렌은 마석을 받아 수정판에 놓았다.

"네, 틀림없이 두 개 다 오늘 토벌된 것이네요. 의뢰는 한 마리였으니 토벌 금액을 추가로 드리겠습니다만, 괜찮으신가요?"

"네. 괜찮긴 한데 거절할 경우는 어떻게 되죠?"

"한 마리 몫의 의뢰비만 지불되어 길드 카드에도 한 마리 토벌로 처리되지만, 마석은 돌려드립니다."

"네, 지금은 마석이 필요 없으니까 두 마리로 해주세요."

"알겠습니다. 두 마리 토벌로 등록하겠습니다. 그리고 실례지만 타이거 울프의 소재는 갖고 계신가요?"

헬렌의 시선이 곰 박스로 향해 있었다.

"있는데, 안 팔 거예요."

"그렇습니까, 길드 입장에선 팔아주시면 좋겠는데요."

"모피가 필요해서 안 돼요."

피나가 잘라준 줄무늬 모양의 타이거 울프 모피로 살풍경한 곰 하우스를 꾸미려고 생각하고 있었다.

벽에 걸어도 좋고, 바닥에 깔아도 좋다.

"그렇군요. 모피는 아쉽지만, 이빨이나 손톱, 고기는 어떠세요?"

"그건 필요 없으니까 해체하면 가지고 올게요."

"감사합니다. 그럼 여기 의뢰비입니다. 그리고 길드 카드를 돌려드리겠습니다."

꽤 묵직한 돈과 길드 카드를 곰 박스에 넣었다.

헬렌과 헤어진 후 밖에서 기다리고 있을 피나가 있는 곳으로 갔다.

"많이 기다렸지, 그럼 돌아갈까?"

"울프와 뿔토끼는 안 파세요?"

"귀찮으니까 다음에 팔려고. 돈은 확실히 줄 테니까 걱정하지 않아도 돼."

해체를 한 소재는 곰 하우스에 둔 채로 곰 박스에 넣는 것을 깜빡했을 뿐이었다.

하지만 해체해준 피나에게는 돈을 줘야 했다.

피나에게 은화를 건넸다.

"유나 언니?!"

건네받은 은화를 보고 피나가 놀랬다.

"괜찮아."

소재 매입 일을 하고 있는 겐츠 아저씨에게 마물 해체 시세를 알아보았다.

그것보다도 조금 많이 건넸다.

"내가 언제까지나 이 마을에 있을 게 아니니까. 그러니까 저금해 둬."

"고마워요, 유나 언니."

싱긋 웃는 피나의 머리를 쓰다듬어 주었다.

다음 날도 피나가 아침 일찍 여관으로 찾아왔다.

어제도 일했기 때문에 쉬어도 된다고 말하고 싶었다.

나도 오늘은 쉬자고 생각하고 있었지만, 어제 말하지 않았던 내 실수였다.

해체하러 매번 밖으로 나가는 것도 귀찮기도 했다.

어딘가에 창고라도 빌릴까.

그러면 돈이 들려나.

길드 창고라도 빌릴 수 있다면 좋을 텐데. 일단 길드로 가보기로 했다.

피나를 데리고 길드로 향했다.

출발이 늦었기 때문에 길드에는 모험가들이 적었다.

졸려 보이는 헬렌의 접수대로 향했다.

"유나 님, 좋은 아침입니다."

"좋은 아침이에요."

"오늘도 의뢰인가요?"

"뭐 좀 물어보고 싶은 게 있어서요."

"뭔가요?"

"어딘가 해체할 장소를 빌릴 수 있을까요?"

“타이거 울프 말인가요?”

“그것도 있지만 그 외에도 해체할 마물이 많아서요. 길드 창고를 빌릴 수 있으면 좋을 텐데…….”

“그건 조금 무리겠네요.”

“역시…….”

“게다가 단기간이 아니고 장기간 빌리시는 거죠?”

“으음…… 그건 잘 모르겠어요.”

“그럼 다른 장소를 소개해드릴 수도…….”

“……맞다. 아무것도 없는 땅이 있나요?”

“땅이요?”

“네, 조금 넓고 아무것도 없는 장소요.”

“있을 것 같은데, 땅은 모험가 길드가 관리하는 게 아니라서 상업 길드에 상담해야 할지도 몰라요.”

“상업 길드?”

“네, 상품을 거래하는 길드입니다. 물론, 땅도 거래하고 있기 때문에 소개해드릴 거예요.”

“알았어요. 가볼게요.”

모험가 길드를 나와 피나에게 상업 길드로 안내를 받았다.

26 곰 하우스 설치 완료!

"유나 언니, 여기예요."

마을 중앙에서 조금 서쪽에 위치한 장소에 지어져 있는 상업 길드.

모험가 길드와는 드나드는 인종이 달랐다.

근육 바보나 지팡이를 가진 마법사는 없었다.

만만찮은 성깔일 것 같은 상인 같은 사람들이 가득 있었다.

모험가 길드와는 달리 들어가기 어려운 분위기를 띠고 있었다.

게다가 곰 옷차림이 눈에 띄는지 여기에서도 호기심의 시선을 받았다.

"유나 언니, 안 들어가요?"

입구 근처에서 바라보고 있자 피나가 말을 걸어왔다.

마음을 가다듬고 안으로 들어가기로 했다.

안은 북적이고 있었다.

여기에서도 곰 복장은 시선을 집중시켰다.

곰 후드를 깊게 눌러쓰고 시선을 피했다.

피나는 주변을 힐끔힐끔 둘러보며 내 곰 옷을 쥐고 있었다.

나는 곧바로 접수대로 향했다.

"어서 오세요."

20대 초반의 여자가 맞이해주었다.

내 모습을 보고도 얼굴색을 바꾸지 않고 웃는 얼굴로 대응을 해주었다.

역시 상업 길드의 직원이다.

"으음…… 땅을 조금 빌리고 싶은데, 모험가 길드에 물었더니 여기를 소개해줘서요."

"네, 가능합니다. 상업 길드에서는 땅, 건물의 알선도 하고 있습니다. 어떤 땅을 찾고 계시죠?"

"일단 아무것도 없는 평지가 있나요?"

"네, 있습니다."

"그곳을 빌릴 수 있나요?"

"네, 가능합니다."

"그럼 한 달 정도 빌리고 싶은데 얼마나 들죠?"

"땅의 크기와 입지 장소에 따라 금액이 달라지는데, 원하는 게 있으신가요?"

"조금 떨어져도 되는데 모험가 길드 근처가 좋으려나……. 크기는 모험가 길드의 창고 정도면 돼요."

"모험가 길드의 창고 정도 크기의 땅 말씀이신가요. 잠시 알아볼 테니 기다려주세요."

접수대에서 잠시 물러나 5분 정도가 지나자 종이 여러 장을 가지고 돌아왔다.

"오래 기다리셨죠. 다섯 곳 정도 있네요."

"어디가 가장 싸죠?"

"여기네요, 다섯 곳 중에서 모험가 길드에서 가장 떨어져 있습니다. 한 달에 은화 30닢입니다."

하루에 은화 한 닢 꼴인가.

"싸지 않아요?"

"건물도 딱히 세워져 있지 않아서 토지 임대료는 그 정도입니다. 땅을 어떤 일에 사용하셨을 경우, 반환할 때 원래대로 돌려놓아야 할 수도 있으니 주의하시고요."

"참고로 다른 땅들의 가격도 물어도 될까요?"

"네. 각각 은화 90닢, 75닢, 48닢, 35닢입니다."

"다섯 곳의 위치를 알려주세요."

지도를 꺼내 각각의 장소를 알려주었다.

"음…… 90닢, 75닢은 비싸니까 패스하고, 그리고 30닢인 곳도 패스."

30닢짜리는 이동이 불편한 곳에 있었다.

남은 건 35닢짜리와 48닢짜리였다.

베스트인 건 48닢인 곳. 길드에서도, 피나네 집에서도 가까웠다. 게다가 지금 묵고 있는 여관에서도 가까웠다.

35닢 쪽은 길드는 가깝지만 여관에서도, 피나네 집에서도 멀었다.

"어떻게 하시겠어요?"

"조금만 깎아준다면 여기로 하고 싶은데요."

은화 48닢짜리를 가리켰다.

"참고로 이 땅을 어떻게 활용할 생각이신가요?"

"집이라도 세워서 마물을 해체할 장소로 쓰려고요. 아, 물론 돌려줄 때 집은 철거할 테니까 괜찮아요."

"잠시 기다려주세요."

여자는 잠시 멀어지는가 싶더니 바로 돌아왔다.

"실례지만 블러디 베어 님이신가요?"

"……."

"크흠, 실례했습니다. 모험가인 유나 님이신가요?"

"……그런데요."

"최근 울프, 뿔토끼, 고블린 킹의 소재를 제공해주셔서 감사합니다."

"……? 왜 상업 길드에서 고마워해요?"

"모르셨나요? 모험가 길드와 상업 길드는 이어져 있습니다. 모험가 길드에서 들여온 소재는 상업 길드로 와서 팔립니다. 그리고 상업 길드에서 호위나 물품에서 부족한 마물 소재 확보를 모험가 길드에 의뢰하는 등 상부상조하는 관계로 되어 있습니다."

"몰랐어요."

"네. 그래서 최근 울프, 뿔토끼의 유통량이 늘어 상인들이 다들 기뻐하고 있어요."

"하지만 제가 판 것 정도쯤은 상업 길드 전체로 보면 미미하잖아요."

"아뇨, 유나 님이 가져다주신 소재는 모두 깔끔해서 비싸게 거래되고 있답니다. 다른 모험가들은 검으로 몇 번이고 찌르기 때문에 상처가 생기기 마련이지만, 유나 님이 가져다주시는 소재는 상태가 깔끔해서 인기가 많죠. 게다가 고블린 킹 같은 희귀한 소재도 인기를 얻게 되었습니다."

"그렇군요."

"네, 그래서 방금 전 땅을 은화 35닢으로 하면 어떠신가요?"

"괜찮아요?"

"네, 유나 님이 해체를 해서 모험가 길드에 팔아주신다면 상업 길드도 도움을 받습니다."

"그럼 부탁할게요."

"그럼 지금부터 안내해드리겠습니다."

여자가 자리에서 일어났다.

"당신이 직접 안내해 주시려고요?"

"네, 불편하신가요?"

"그런 게 아니라, 저 하나 때문에 접수 담당인 당신이 빠지다니, 곤란해지는 거 아닌가요?"

"괜찮습니다. 대신할 사람은 있습니다. 그 이전에 제가 당신과의 관계를 끊고 싶지 않아서요."

"관계'?"

"네, 유나 님은 신인 모험가 중에서 우량주세요. 당신과 친분을 만들고 싶어 하는 사람이 많을 겁니다. 저도 그중 한 사람이고요. 소개가 늦었습니다. 저는 밀레느라고 합니다. 잘 부탁드려요."

밀레느에게 안내를 받은 곳은 지도에서 확인한 대로의 장소였다.

여관과 가까웠다.

길드 근처의 장소였다.

땅의 넓이도 충분했다.

지나다니는 사람이 적은 점도 좋았다.

"여기로 정할게요."

"감사합니다."

"그럼 이 계약서에 사인해주시고, 길드 카드를 복사해주세요."

"복사요?"

"네, 여기에 길드 카드를 대기만 하면 됩니다. 이걸로 본인이라고 확인할 수 있죠."

이름을 적고 길드 카드를 복사하고 한 달 치 은화 35닢을 지불했다.

"이 땅에 집을 짓겠다고 하셨는데, 상업 길드에서 대공(大工) 공방을 알선해 드릴 수도 있습니다. 어떠세요?"

"괜찮아요. 집이라면 이미 있어요."

"……?"

밀레느가 고개를 갸웃거렸다.

곰 박스와 곰 하우스에 대한 설명을 할까 순간 고민하다가 아무 말 않기로 했다.

"그러시군요. 무슨 일 있으시면 언제든지 상업 길드로 와주세요."

밀레느는 머리를 숙이고 돌아갔다.

밀레느가 돌아간 것을 확인하고…….

오른쪽을 보고— 좋아.

왼쪽을 보고— 좋아.

뒤도— 좋아.

앞도— 좋아.

지금 지나가는 사람이 없는 것을 확인했다.

곰 박스에서 곰 하우스를 꺼냈다.

네, 한순간에 아무것도 없던 땅에 집이 세워졌습니다.

피나를 데리고 창고로 향했다.

"그럼 피나, 오늘은 타이거 울프를 부탁할게."

피나에게 타이거 울프를 맡기고 남은 숙박을 취소하러 여관으로 갔다.

오늘부터 곰 하우스에서 살기로 했다.

곰곰곰베어

번외편

곰 씨, 곰을 소환하다

나는 책방에서 『마법을 사용하는 법』이란 책을 구입해서 며칠간 마법 연습을 했다.

마물을 상대로 마법을 연습하고 있자 레벨이 올랐다. 서서히 이 세계의 마법에도 익숙해져 갔다. 기본적으로 현실 세계의 게임과 같았던 것이 다행이었다.

곰 박스에서 마실 것을 꺼내 휴식을 취하며 스테이터스 창을 보자, 신경이 쓰이는 스킬이 늘어나 있는 것을 알게 되었다.

곰 소환수…….

곰 소환수라니, 다시 말해 곰을 소환할 수 있다는 거네. 각각의 곰 장갑에서 곰을 소환할 수 있다. 그럼 두 마리라는 건가?

일단 해보기로 했다. 검은 곰 장갑에 마법을 흘려보내 곰을 소환하는 상상을 떠올렸다. 검은 곰 인형의 입을 크게 벌리자 검은 물체가 입에서 튀어나왔다.

내 눈앞에 크고 검은 둥그런 물체가 있었다.

이게 곰이야?

검은 물체는 느릿느릿 움직이기 시작하더니 빙글 돌아 얼굴을 내 쪽으로 향했다. 보고 있던 건 등이었구나. 곰은 주위를 둘러

보고 일어서더니 내가 있는 곳으로 천천히 거리를 좁혀 왔다.

어쩐지 무서운데…….

한 발자국 물러서자 곰도 한 발자국 다가왔다.

한 번 더 물러서려고 하자 곰이 작게 끄응 하고 섭섭하다는 듯이 울부짖었다.

그런 목소리를 내면 물러설 수가 없잖아.

곰은 나에게로 다가와 비비적거렸다. 당연하겠지만 따뜻했다. 내가 곰을 어루만져 주었더니 기뻐하는 것 같았다. 털이 부드러웠고 촉감이 매우 좋았다. 고급 모피 같았다.

"네가 내 소환수니?"

곰은 크응 하고 울며 허리를 숙이고 나에게 등을 내밀었다.

"혹시 타라는 거야?"

그러자 한 번 더 울부짖었다. 나는 말에도 타본 적이 없는데. 하지만 앞으로의 일을 생각해보니 이동 수단이 필요하긴 했다. 나는 끙끙거리며 곰의 등에 올라탔다. 곰은 내가 떨어지지 않도록 천천히 일어섰다.

"우와와와아."

균형을 잃을 것 같았지만 떨어지지는 않았다.

곰은 고개를 돌려 내 쪽을 보고 꼼짝도 하지 않았다.

"왜 그래?"

그렇게 묻고 나서 이해했다.

"아, 어디로 가야 할지 모르는구나. 일단 적당히 걸어줘."

곰은 울부짖더니 걷기 시작했다.

"오오."

어쩐지 느낌이 괜찮았다. 생각했던 것보다 흔들리지 않았고 고급 소파에 앉아 있는 느낌이었다.

"조금만 뛰어봐."

그렇게 부탁하자 곰이 뛰기 시작했다.

빠르다, 빨라.

경치가 바뀌어 갔다. 빠른데도 균형을 잃거나 떨어질 것 같지 않았다. 이게 이 소환수의 힘인가.

시험 삼아 몸을 좌우로 흔들거나 일어서보려고 했지만, 어떤 힘이 작용하고 있는지 곰에게 착 달라붙은 것처럼 느껴졌다.

힘을 빼고 잠들어도 떨어지지 않았다. 자면서 이동할 수 있을까?

그건 나중에 검증하기로 하고 최고 속도를 확인했다.

"빨리 달려봐."

그렇게 부탁을 하자 더욱 속도가 올랐다. 오토바이에 탄 적은 없지만 그것보다도 빠른 것 같았다. 평지를 내달려 산을 올라갔다. 산에서도 지친 기색을 보이지 않고 곰은 경쾌하게 뛰어 올라갔다.

"멈춰."

산 중턱까지 와서 곰의 목덜미를 쓰다듬어 주었다. 곰은 천천히 속도를 늦추고 멈췄다.

나는 곰에서 내려 허리를 폈다.

적당히 달렸는데 여기는 어디인 걸까. 맵을 열어 확인하려고 한 순간 곰이 점프를 했다.

"뭐야?!"

좀 전까지 곰이 있었던 장소에 화살이 날아왔다.

나는 화살이 날아온 방향을 확인하고 재빨리 흙으로 벽을 만들었다.

누가 노리고 있는 건가?

탐지 마법을 사용해 상대가 있는 장소를 찾았다.

화살이 박힌 각도로 방향을 예측하자, 가만히 움직이지 않는 반응이 하나 있었다.

흙벽에 작은 구멍을 뚫어 화살이 날아온 방향을 보았다.

경사져 있고 나무들 때문에 화살을 쏜 사람의 그림자는 보이지 않았다.

거리로는 100미터 정도였다.

표적은 내가 아니고 이 아이겠지.

내 옆에 있는 곰을 봤다. 혹시 나도 멀리서 보면 이 아이의 새끼로 보이는 걸까.

고개를 숙여 내 곰 옷차림을 보았다.

"들리세요!"

화살이 날아온 방향을 향해서 말을 걸어보았다.

"저는 모험가고 이 곰은 제 곰이에요. 화살을 쏘지 말아주세요!"

그리고 상대의 반응을 기다렸다. 없다면 도망치거나 반격 중 하나였다.

"정말 모험가인가? 그 곰은 안전한 건가?"

상대에게서 대답이 돌아왔다.

"당신이 공격하지 않으면 아무 짓도 안 해요. 만약 공격을 하려고 한다면 우리도 공격하겠어요."

"……."

짧은 침묵이 흘렀다.

"알았다. 공격하지 않겠다."

나무 사이에서 활을 가진 남자가 모습을 드러냈다. 게임에서 나오는 사냥꾼과 같은 복장을 하고 있었다.

"정말 그 곰은 네 곰인가."

"네. 그러니까 공격은 하지 말아주세요."

그것을 증명하기 위해서 곰을 쓰다듬었다.

"이렇게 사람을 따르는 곰은 처음 봤다. 갑자기 화살을 날려서 미안하네. 큰 곰이 나타나서 놀랐어."

"알아주신다니 다행이에요. 저도 있어서 그렇게 아셨을 거예요."

"미안하다. 그런 복장을 하고 있으니 멀리서 보면 새끼 곰으로 보여. 하지만 가까이서 보니 새끼 곰으로는 안 보이는군. 아가씨는 어디에서 왔지? 혹시 곰과 같이 이 마을에 살고 있는 건 아니겠지."

"크리모니아 마을에서 살고 있어요."

"크리모니아 마을이라니 꽤 먼 곳에서 왔군. 그 마을에서는 그런 복장이 유행하고 있는 건가?"

이런 복장이 유행하는 건 일본뿐이다.

"아가씨는 어째서 이런 곳에 있었던 거지? 여기는 위험해."

"이 아이를 타고 산책을 하고 있었어요. 여기가 위험한가요?"

"산책이라니, 그런 이상한 차림으로?"

이상한 복장이라니……. 좋아서 이런 복장을 하고 있는 게 아니라고요.

"여기는 누시[#4]가 있으니 위험해."

"누시요?"

"큰 멧돼지 말이다. 내가 네 곰에게 화살을 날린 것도 처음엔 누시인 줄 알았기 때문이지."

"착각했다니, 그 멧돼지가 그렇게 커요?"

#4 누시(ぬし) 산 · 못 · 큰 나무 따위에서 살며 신령이 붙어 있다는 동물.

내 곰도 꽤 컸다. 그런데 그 곰과 비슷한 크기라니…….

"그래, 그 곰 정도는 되지. 마을의 밭을 들쑤시고 숲에 들어간 사람까지 덮쳤어. 그래서 이곳에 있는 건 위험해."

그런 짐승 같은 크기의 멧돼지가 있구나.

"돌아가려면 얼른 가는 게 좋아."

"알았어요. 그럼 돌아갈게요. 이 아이를 믿어주셔서 고마워요."

곰을 타고 돌아가려고 했다. 이 아이의 속도라면 밤까지는 마을로 돌아갈 수 있다.

"잠깐, 잠시 괜찮을까."

"네? 뭐죠?"

"아가씨는 마법을 쓸 수 있나?"

그가 땅 속성 마법으로 만든 벽을 보면서 물어왔다.

"쓸 수 있는데요."

"그 벽의 강도는 어느 정도지?"

"고블린이랑 오크의 공격 정도는 막을 수 있을 거예요."

"오크의 공격을 막을 수 있다고?! 아가씨에게 부탁이 있는데, 마을의 밭 주변에 벽을 만들어 줄 수 있을까. 물론 가능한 한 보수는 하겠지만 그다지 기대는 하지 말아 주었으면 하네. 내가 비상식적인 부탁을 하고 있는 건 알고 있네. 하지만 이대로라면 누시에게 마을의 식량이 전부 빼앗겨 버릴 거야. 부탁하네."

남자는 머리를 숙였다.

귀찮은 건 딱 질색인데. 하지만 다음번에 왔을 때 마을이 망해 있으면 찝찝하겠지.

그래서 마지못해서 승낙을 했다.

"괜찮은데, 그 누시로부터 지킬 수 있을지는 몰라요."

멧돼지 공격은 일본에서도 위험하다고 알려져 있다.

위력도 강하고 위험하다. 그것이 이 곰만 한 크기라고 하니 위력은 어느 정도가 될지 상상도 할 수 없었다. 그것을 반드시 막을 수 있다고 확답을 내릴 순 없었다.

"그럼, 물론이지. 나는 블랜더다. 이 근처 마을에 살고 있지."

"저는 유나예요. 모험가죠."

서로에게 자기소개를 하고 마을로 향하기로 했다.

마을은 내가 온 방향과는 반대쪽에 있는 것 같았다. 나는 곰을 타고 블랜더의 안내를 받으며 마을로 향했다. 그동안 감사의 표시로 마을에서 기르고 있는 채소를 조금 얻기로 했다.

산을 내려가자 마을이 보였다. 마을 입구 근처로 가자 한 남자가 이쪽에 창을 겨누며 서있었다.

"브, 블랜더. 그 뒤에 있는 건 뭐지?!"

남자가 소리쳤다.

"괜찮아. 그러니까 무기를 내려줘. 여기 곰 옷차림을 하고 있는 이는 모험가인 유나야. 이 곰도 아가씨의 곰이니까 해를 끼치지 않으면 위험하지 않아."

"정말인가?"

의심의 눈초리로 곰을 쳐다봤다.

"실수로라도 공격은 하지 마. 그렇지 않아도 누시를 상대로 곤란해 하고 있으니까."

"알았어. 하지만 나 혼자서 어떻게 할 수 있는 게 아니야. 촌장님을 불러올 테니 여기서 기다려."

남자는 블랜더에게 말하곤 마을 안으로 들어갔다.

"미안하다. 다들 누시 때문에 신경이 날카로워져 있어."

그건 어쩔 수 없다. 수상한 복장을 한 나와, 일반적으로 흉폭하다는 곰이 같이 있으니까.

잠시 후 조금 전의 남자와 노인이 왔다.

"블랜더. 마을의 상황을 알고 있는 게냐?"

"알고 있으니까 부탁하고 데려온 거예요."

"무슨 말이냐."

"이 아가씨는 땅 속성 마법을 쓸 수 있어요. 그래서 누시를 막을 벽을 만들어 달라고 데려온 거예요."

"마법으로 벽을? 만들어 주는 건 고맙지만 마을에는 수고비로

줄 돈이 없어."

"신선한 채소 며칠 몫으로 괜찮아요."

"그것만으로 괜찮다고?"

"괜찮아요. 그 대신 맛있는 걸로 부탁할게요."

채소는 갓 수확한 것이 맛있다. 그건 만국 공통이다.

"그런데 그 곰은 당신의 곰인가?"

"그런데요."

증명하기 위해 곰을 감싸 안았다.

"확인하겠는데, 정말 사람을 덮치거나 하진 않겠지?"

"당신들이 공격하지 않는 한은요"

"알았네. 그럼 다시 한 번 마을에 온 걸 환영하네. 보그, 너는 마을 사람들에게 아가씨에 대해 전해줘. 아무쪼록 곰을 자극하지 말라고 해."

마을 입구에 서 있던 남자는 다시 마을 안으로 달려갔다.

"그럼 들어오게."

마을 안으로 들어가자 안은 참혹한 상황이었다.

벽에 구멍이 뚫려 있는 집도 있었고, 무너져 가는 집도 있었다.

"모두 누시의 짓이지. 집은 다시 세우면 되지만 밭은 그렇지 못한다네. 밭이 없어지면 먹을 것들이 없어져버려. 그렇게 되면 마을 사람들은 굶어 죽을 수밖에 없어."

그런 말을 들으면 채소를 받기 미안해지는데요…….

“어떻게 해요? 밭만으로 괜찮아요? 뭣하면 마을 주변에 벽을 만들까요?”

지금은 나무 울타리로 마을을 감싸고 있을 뿐이었다. 잘 보니 군데군데 보강이 되어 있었다. 누시가 무너뜨린 부분인가.

“그래 주면 고맙겠네만 채소 이외의 사례는 할 수 없어.”

마을의 모습을 보니 마을의 채소가 돈보다도 가치가 높다는 걸 알 수 있었다.

마을에 팔면 싸구려일지도 모르지만, 그 이상의 가치가 있었다.

“그것만으로 충분해요. 그럼 나무 울타리에 맞춰서 만들게요.”

나는 마을 입구로 돌아가 그곳을 기점으로 마을을 둘러싸듯 벽을 만들었다.

“여기 말고 출입구가 더 필요하면 말하세요.”

내 뒤를 따라온 블랜더에게 말했다.

“그래, 알았다.”

나는 곰을 타고 2미터 정도 높이의 벽을 만들며 마을을 돌아다녔다.

그사이 신기한지 마을 주민들이 모이기 시작했다. 벽을 만들 때마다 작은 환호성이 들렸고, 아이들은 곰의 뒤를 따라왔다.

“마법이란 대단하군.”

"마을에 마법을 쓸 수 있는 사람이 없나요?"

"있지만 작은 불을 낼 수 있는 정도지. 이렇게 대단한 마법은 본 적도 들은 적도 없어. 마력은 괜찮은가. 힘들면 무리하지 않아도 돼."

블랜더도 마법에 대해 잘 아는지 걱정을 해주었다.

"괜찮아요."

"그렇다면 다행이지만, 지치면 말하게."

마력에 의해 힘도 들이지 않고 벽이 완성됐다. 블랜더의 지시에 따라 출입구를 몇 군데 더 만들었다.

"여기로 누시가 오면 어떡해요?"

"괜찮아. 누시는 산 쪽에서 오지, 출입구 방향에선 안 오거든. 일단 어느 정도 강도가 있는 울타리를 만들 예정이니 쉽게 침입할 수 없을 거야."

벽을 완성하고 촌장에게 가서 벽이 만들어진 것을 전했다.

"그렇군, 고맙네. 큰 대접은 할 수 없지만 식사를 만들었으니 들게나."

시간적으로 해가 저물고 있었다. 전기가 없는 이세계는 해가 저물면 일이 끝난다.

촌장의 집 안으로 들어가 테이블 앞에 앉았다. 곰에게는 미안하지만 밖에서 기다리게 했다.

의자에 앉아 있자 안쪽 부엌에서 여자가 요리를 날랐다.

"마리, 왜 네가 여기 있어?"

블랜더가 놀랐는지 여자를 향해 소리쳤다.

"촌장님을 도와드리려고요. 그리고 당신이 데려온 손님이잖아요. 부인인 내가 대접하지 않으면 누가 해요."

"하지만…… 배는 괜찮은 거야?"

블랜더가 걱정하는 이유는 여자의 배를 보면 알 수 있었다.

그녀는 임신 중이었다.

"조금은 움직이는 편이 몸에 좋아요."

"그렇다면 다행이지만. 요리는 하지 마."

마리라고 불린 여자가 내가 있는 곳으로 왔다.

"대단한 요리는 아니지만 드세요."

"고맙습니다."

요리는 빵과 채소를 사용한 스프와 샐러드가 메인이었다.

빵도 직접 만들었는지 맛있었고, 스프는 조금 싱거웠던 것만 빼면 맛있었다.

"아가씨. 마리하고도 상담을 했지만 오늘은 우리 집에서 묵지. 지금부터 출발하는 것도 불가능할 테니……. 늦어진 건 내가 한 부탁 때문이니까. 그리고 채소도 준비해야 하니까 말이지."

으음, 이 마을 형편을 고려하면 굳이 채소를 받을 필요는 없으니 가 봐도 되는데……. 밖은 어느새 석양이 지고 있었다. 앞으로 한 시간 안에 해가 완전히 저물 것이다.

내가 고민하고 있는데 밖이 소란스러워졌다.

"누시가 나타났다!"

촌장의 집에 있는 전원이 의자에서 일어섰다.

"마리와 촌장님은 여기에 있어요. 내가 가볼게."

블랜더가 벽에 걸어 놓은 활을 손에 들고 집을 뛰쳐나갔다. 나도 그 뒤를 따라갔다.

밖을 나가 목소리가 들린 쪽으로 달렸다. 그 뒤를 곰이 잘 따라오고 있었다.

마을 사람들이 모여 있는 곳에 도착하니 벽에서 엄청난 소리가 들리고 있었다.

쿵!!!!

"아가씨가 만들어 준 벽 대단한걸. 누시가 몸으로 부딪쳐도 끄떡없어."

벽에 사다리를 걸쳐 올라가 있던 남자가 환호성을 질렀다.

"그럼 마을은 안전한 거네."

“아가씨, 고마워요!”

모여 있던 마을 사람들이 감사의 말을 건넸다.

하지만 그 말은 사다리에 올라가 있던 남자의 말로 인해 비명으로 바뀌었다.

“누시가 이동했어! 저쪽은…….”

남자가 보는 방향은 마을의 입구.

“집 안으로 들어가!”

“젠장, 빠르잖아!”

마을 사람들이 뛰기 시작했다.

그중 블랜더가 마을 입구를 향해 달리기 시작했다.

나는 한숨을 내쉬고 뒤를 따라갔다.

태어날 아이를 생각해서 행동을 했으면 좋겠는데.

하지만 입구로 향하고 있는 건 블랜더만이 아니었다. 무기를 든 남자 몇 명도 달리고 있었다.

“들어올 장소는 알고 있어! 들어온 순간에 다 같이 공격하자!”

“네!”

입구에 도착해 남자들은 무기를 거머쥐었다.

입구에서 누시가 모습을 보였다. 크다. 내 곰 정도의 크기였다. 활을 든 남자들이 화살을 날렸다. 하지만 누시의 육체에 튕겨 나가 하나도 꽂히지 않았다.

누시가 지면을 박차고 달려들기 시작했다. 창을 들이대는 사람도 있었지만 닿지 않았다.

누시는 똑바로 내 쪽으로 달려왔다. 누시를 향해서 마법을 날리려고 한 순간 곰이 앞을 막아서서 누시의 돌진을 막았다.

"곰!"

곰은 떡하니 누시를 잡아 누르고 있었다. 누시는 뒷발에 힘을 담아 곰을 누르려고 했다. 하지만 곰도 지면에서 단단히 버티자 누시는 한 발자국도 전진할 수 없었다.

"옆으로 쓰러뜨려!"

곰은 내 지시에 울부짖으며 대답하더니 힘을 실었다. 누시의 앞발이 공중에 뜨더니 누시가 요동쳤다.

쿵! 하고 큰 소리를 내며 누시가 옆으로 쓰러졌다.

그와 동시에 나는 마법을 발동시켰다.

오른손의 검은 곰 인형에 물이 모였다. 인형을 높이 치켜들고 누시를 향해 물 속성 마법을 날리자 물의 구슬이 누시의 얼굴을 감쌌다.

"곰! 놓치지 마!"

누시를 누르는 곰의 힘이 세졌다.

그럼에도 누시는 몸을 움직여 도망치려고 했다. 하지만 숨은 쉴 수 없고, 몸은 옆으로 쓰러졌으며, 곰에게 위에서 눌리고 있었기 때문에 도망칠 수 없었다.

점점 누시가 발버둥 치는 힘이 약해져 갔고, 이내 움직임이 없어졌다.

"……."

"……."

마을 안에 조용한 침묵이 흘렀다.

"곰, 고마워."

내가 그렇게 말하자 곰은 작게 크응 하고 울부짖으며 누시에게서 떨어졌다.

"죽었나?"

작은 목소리로 누군가가 물었다.

"정말로……."

블랜더가 마을 사람 중 한 명에게 창을 건네받아 누시에게 꽂았지만 누시는 반응하지 않았다.

"죽었어."

그 말에 마을이 환호성에 휩싸였다.

"아가씨, 고마워!"

"고마워요!"

마을 사람들에게서 감사의 말이 쏟아졌다.

"정말로 괜찮은 거야?"

누시는 마을에 제공하기로 했다.

"이 녀석한테 먹을 것을 빼앗겨서 곤란해 하고 있었잖아요. 식량으로 쓰거나 파시는 데에 쓰세요."

"하지만 우리는 아가씨에게 아무런 보답도 못 했어. 아가씨는 벽을 만들어 주고 누시까지 쓰러뜨려 주었잖아. 게다가 누시까지 받기에는……."

촌장의 말에 마을 사람들은 고개를 끄덕였다.

"임산부도 있으니까 태어날 아이를 생각해서 영양가 있는 음식을 균형 있게 먹어야죠. 가만 보니까 다들 제대로 드시지 못하고 있죠?"

식량이 귀한지 모두 말라 있었다.

"보답이라면 다음에 왔을 때, 그때 해줘도 돼요."

"고맙네."

촌장은 머리를 숙였다.

오늘 밤은 블랜더의 집에서 묵기로 하고 다음 날 아침 출발하기로 했다.

다음날 아침, 마을 입구에 마을 사람들이 모여 들었다.

쑥스럽군.

"그럼 언제든 오게. 우리 마을은 언제나 아가씨를 환영할 걸세."

"아가씨 고마워요. 무슨 일 생기면 말해줘요. 나는 이 은혜를 절대로 잊지 않을 테니."

"유나, 고마워."

촌장, 블랜더, 마리가 감사의 말을 전했다.

"마리 아줌마, 건강한 아이 낳으세요."

"나중에 보러 오렴."

나는 곰 등에 타고 크리모니아를 향해 출발했다.

응, 이 곰, 빨라서 좋아. 이동 수단으로는 편리하네. 곰의 등을 쓰다듬었다.

그러고 보니 곰이 한 마리 더 있던가.

마을 근처에 있는 산을 넘을 무렵, 휴식 겸 흰 곰 장갑에 마력을 모아 곰을 한 마리 더 소환했다.

흰 곰 인형에서 커다란 하얀 물체가 나타났다.

이번 곰은 하얀 곰이네.

하얀 곰은 등을 보인 채 움직이려 하지 않았다.

"왜 그래?"

불러보았지만 반응이 없었다.

하얀 곰의 정면으로 돌아가 살펴봤다. 하얀 곰은 작게 「크~응」 하고 울며 눈을 내리깔았다.

설마 주눅 든 거야?

이제 땅에 꼬물꼬물 글씨를 쓰기 시작하면 완벽한데? ……그런 농담을 할 상황이 아니지.

내가 검은 곰만 소환하고, 이쪽 하얀 아이를 소환하지 않아서 완전히 주눅이 들어 있었다.

……귀여운데?

"미안. 일부러 소환하지 않은 게 아니야. 잊고 있었어……."

「잊고 있었어」라고 말한 순간 하얀 곰이 등을 돌렸다.

"아니, 완전히 잊었다는 게 아니라…… 봐, 난 한 명뿐이잖아. 한 번에 하나밖에 못 타. 그러니 갈 땐 너한테 부탁할게."

하얀 등을 쓰다듬으며 부탁했다. 그러자 얼굴을 들고 내 쪽을 바라봤다.

"부탁해도 될까?"

하얀 곰은 크~응 하고 울고는 일어섰다.

아무래도 용서해준 것 같았다.

나는 하얀 곰을 타고 크리모니아로 돌아갔다.

그동안 곰들의 이름을 생각했다.

검은 곰을 곰돌이, 하얀 곰을 곰순이로 정했다.

■작가 후기

본 작품을 읽어주신 여러분 처음 뵙겠습니다.

『소설가가 되자』에서 읽고 계시는 여러분은 오랜만입니다.

『소설가가 되자』에서 썼던 작품의 소설화 제안을 듣고 데뷔하게 되었습니다.

『소설가가 되자』에서 쓰고 있는 여러분은 서적화의 제안을 들었을 때 환희의 목소리를 지르셨나요? 저는 위가 아파왔습니다.

어떻게 이런 문장력 없는 작품에 제안이 들어온 건지 고민될 정도였습니다.

본 작품은 게임 세계에서 최강 장비, 곰 인형 옷을 손에 넣은 여자아이가 잠깐 한눈을 판 사이에 곰 인형 옷차림으로 마물이 존재하는 이세계를 헤매는 이야기입니다.

곰 인형 옷을 입으면 최강, 벗으면 평범한 여자아이입니다.

이 이야기는 「최강의 창과 최강의 방패」에서 모티브를 얻었습니다. 최강의 창은 검은 곰 장갑, 최강의 방패는 흰 곰 장갑이죠. 그것만으로는 임팩트가 없어서 주인공에게 곰 인형 옷을 입히게 되었습니다.

어째서 곰이 되었냐면 강한 동물을 상상했더니 곰이 되었습니다. 게다가 인형으로 해도 귀여우니 여자아이가 하면 잘 어울리죠.

그런 이유로 시작한 작품이 되겠습니다.

처음에는 호기심의 눈으로 바라보던 주민들도, 모험가들도 서서히 곰 인형 옷을 입은 소녀를 받아들여 갔습니다.

사랑스러운 곰, 혹은 공포의 곰으로 말이죠.

유나와 얽힌 많은 사람들은 행복해져 갑니다(나쁜 사람은 얽히고 불행해집니다).

이러한 이야기를 조금이라도 즐겨주시면 좋겠습니다.

마지막으로 이 작품을 내면서 신세를 진 모든 분들께 감사의 말씀을 드립니다.

신세를 진 담당 편집자님, 멋진 일러스트를 그려주신 029 님, 출판사 여러분, 감사합니다.

2015년 5월 경사스러운 날　쿠마나노

■역자후기

안녕하세요. 『곰 곰 곰 베어』 시리즈로 찾아뵙게 된 번역가 김보라입니다. 이런 톡톡 튀는 개성 있는 시리즈를 맡게 되어 영광입니다. 평범한(?) 은둔형 외톨이가 이세계로 가서 살게 되는 내용인데요. 유나양이 받은 최강 곰 장비템으로 지금도 충분히 잘 적응해서 해쳐나가고 있지만, 앞으로 이세계에서 어떤 일들이 벌어지며, 그 또한 유나양이 어떻게 극복해나가게 될지 더욱 궁금하네요. 저는『곰 곰 곰 베어』를 읽으면서 유나양의 장비 아이템 중에 정말 탐나는 게 하나 있었어요! 그건 바로 곰 옷인데요! 제가 이십대 후반에 들어서다 보니 점점 체력이 저질 체력이 돼서……. 조금만 움직여도 금방 헥헥 거리는 저에게 곰 옷이 딱인 것 같은데! 유나양에게 양도 받고 싶네요(양도 불가 무시).ㅜㅜ 독자님들은 어떤 아이템이 탐나시나요? 아니면 능력을 원하시나요? 오늘은「만약 나한테 그런 장비템이 있었으면~」하고 상상하는 것으로 하루를 마무리 해야겠네요(웃음). 여러분들도 그런 상상 어떠세요?

그럼 이것으로 역자 후기를 마치겠습니다.

제게 좋은 작품을 맡겨주신 L노벨 편집부에 무한한 감사 인사를 드리며, 앞으로도 성실히 임하는 번역가가 되겠습니다. 『곰 곰 곰 베어 1권』을 읽어주신 모든 분들과 저를 옆에서 지지해주시는 모든 분들께 감사드립니다. 2권에서 만나요~!

2016년 좋은 날

역자 김보라 올림

곰 곰 곰 베어 1

1판 1쇄 발행 2016년 11월 10일
1판 6쇄 발행 2021년 2월 16일

지은이_ Kumanano
일러스트_ 029
옮긴이_ 김보라

발행인_ 신현호
편집부장_ 윤영천
편집진행_ 김기준 · 김승신 · 원현선 · 권세라 · 유재슬
편집디자인_ 앙우언
관리 · 영업_ 김민원 · 조인희

펴낸곳_ (주)디앤씨미디어
등록_ 2002년 4월 25일 제20-260호
주소_ 서울시 구로구 디지털로 26길 111 JnK디지털타워 503호
전화_ 02-333-2513(대표)
팩시밀리_ 02-333-2514
이메일_ lnovelpiya@naver.com
L노벨 공식 카페_ http://cafe.naver.com/lnovel11

ISBN 979-11-278-3068-7 04830
ISBN 979-11-278-3067-0 (세트)

값 8,800원

레전드 1~2권

칸나즈키 코우 지음 | 유우나기 일러스트 | 김장준 옮김

고등학교 2학년 여름 방학, 사에키 레이지는 사고로 목숨을 잃는다.
정신이 든 그의 앞에 나타난 것은 이세계 대마술사 제파일이었다.
"그대에게는 숨겨진 마력이 있다네.
그 재능으로 나의 일문이 만들어 낸『마수술』을 계승해주게."
부탁을 승낙한 레이지— 레이는 이세계 엘진에서 제2의 인생을 걷는다.
새로운 육체와 더없이 강력한 매직 아이템 그리고 파트너인 마수(그리폰) 세트와 함께…….
이것은 이세계에 새로운「전설」을 새길 소년의 이야기.

『마수(그리폰)』를 파트너 삼아 소년이 새기는 전설이 지금 시작된다!